謎が解けると怖い遊園地の話

さいマサ

99秒で巡る戦慄【闇】体験

「怖い場所」超短編シリーズ

主婦と生活社

謎が解けると怖い遊園地の話

99秒で巡る戦慄【闇】体験

『これからこの遊園地でデスゲームを行ってもらう。生きて帰れるのはたったの一人』

彼《かれ》らにこう告げたら、どうなるだろう？

一つの椅子《いす》を血眼《ちまなこ》になって奪《うば》い合う、地獄《じごく》絵図が拝めるだろうか？

それこそ、私が心から求めているもの。見たかった景色。

本能を剥《む》き出しにして争い、生き残るために友を裏切って這《は》い上がり……。

しかし、すでに生存者は決められていた。

出席番号三番——。

そうか…『彼女《かのじょ》』は強運の持ち主だから納得だ。

だが、運命とはいくらでも変わってしまうもの。

それを今から見届けようではないか。

目次

STORY 001

入園

窓から見えた光景に、バスの中は一気にテンションが上がる。

「あおい、楽しみだね！」

隣《となり》に座っていた久美《くみ》も、なんだか嬉《うれ》しそうだ。

「おい、うるさい！　止まるまで立つな！」

担任の影山《かげやま》先生が男子たちを制止するが、そんなものは中学三年生には効き目がない。

なぜなら、私たちの目の前に現れたのは――。

待ちきれないクラスメイトと共に、バスを下りる。

「わぁ…！」と私も思わず感嘆《かんたん》の声を漏《も》らす。

ジェットコースターや観覧車が惜《お》しみなく見えていて、同級生たちが我先にと駆《か》けていく。

私も懸命《けんめい》に追いかけたが、すぐに人垣《ひとがき》にぶち当たった。
みんなが立ち止まって、何かを読んでいるよう。
なんとか首を伸《の》ばして覗《のぞ》き見ると、それは大きな立て看板だ。

一人じゃないよ
君がいるだろう
可愛いちびっこ
えがおで過ごそ
せびと遊園地！

＊隠《かく》されたメッセージは二つ

すると、すぐに誰《だれ》かが言った。

「ようこそ！」

確かによく見ると横読みで『ようこそ！』と読める。

でも、あともう一つ言葉が隠れてるってこと？

「えせ？」「じいい？」など口々に呟《つぶや》くが分からない。

それに『せびと』という変わった名前の遊園地に、なぜか聞き覚えがあった。あれは確かお婆《ばあ》ちゃんが――？

「ほら、二列に並べ！」

先生に急きたてられ、メッセージを見つけられないままゲートに向かう。

「あおい、行く？　何から乗ろうか？」

「うん…どうしよう」

そんなことを親友と話しながら、私はしばらく立て看板を見つめていた。

私はどうしてももう一つのメッセージが気になったんだ。
でも、どこから読んでもまるで意味をなさない。
『ようこそ！』は分かるのに…？
ふと、漢字を平がなに変換《へんかん》してみた。
そして、一番上の文字を横読みしてみる。
「ひき…かえ…？」
いや、まさかね。
不穏《ふおん》なメッセージだから分かりにくくしてあるとか、
考え過ぎだよね？

STORY 002

ジェットコースター

遊園地の花形といえば、誰《だれ》がなんと言おうと絶叫《ぜっきょう》マシーンだ。

俺《おれ》は嫌《いや》がる和也《かずや》を無理に引きずって、乗り場の前までやってきた。

「勇作《ゆうさく》、勘弁《かんべん》してくれって！」

「お前、乗るって約束しただろ？」

「そうだけどさ…」

俺よりガタイがいいくせに、肩《かた》を縮《ち゛》めて怯《おび》えまくっている。

「仕方ないから、一番前だけは許しといてやるよ」

「でも俺、ホントに苦手でっ」と、いつまでもひよっている和也を、真ん中辺りのコースターへと押し込《こ》んだ。

ガシャンとバーが締《し》まると観念したのか、臆病者《おくびょうもの》が途端《とたん》に黙《だま》り込む。キャストに満面の笑みで見送られ、ゆっくりと発進する。この登っていく感覚がたまらない。

「あぁっ……！」

園内を一望できる絶景だというのに、和也はきつく目を閉じていた。

「いい眺《なが》めなのに」

「う、うるさい！」

「ちゃんとバーから手を離《はな》してバンザイしろよ？」

「す、するわけないだろっ！」

上擦《うわず》った声の友を笑っているうちに、とうとう頂上までやってきた。

「ひっ！」

隣《となり》からのうめき声を合図に、コースターが一気に落下する。

「ひゃあああー」

俺は雄叫《おたけ》びを上げ、早くも両手を高々と突《つ》き上げた。

体がフワっと浮《う》き上がり、胃が縮こまり、なんともいえない痺《しび》れが包み込む。

遊園地史上、最長だと謳《うた》われているのは伊達《だて》ではなく、急なカーブや回転などを経て目まぐるしく突き進んでいく。

そしてついに最後の急降下のレーンにやってくると突然《とつぜん》、和也がバンザイをしている俺の手を掴《つか》んだ。

冷たっ！　と思ったものの、さすがの俺でも目を開けているのが難しいスピードだ。けれど、どうやらこの楽しさが伝わったらしい。

「マジで凄《すご》かったよな？」

コースターを降りてそんな話をしていると、記念写真のコーナーが目に入る。ちょうど、最後の下りで俺たちが写っているではないか。

「ビビりすぎ！」

写真の和也は、大きな体を小さくしてバーにしがみついていた。

「お前、汗《あせ》かきすぎじゃない？」

今も手汗を拭《ふ》いている和也を笑ったが、ふと思う。

そういや手を握《にぎ》られた時――冷たくなかったか？

それに和也は怖《こわ》くてバーを握りしめてたはず…？

じゃ、一体誰が俺の手を…？

「も、もう乗らないから！」

図体《ずうたい》のでかい友人の情けない声に、思わず噴《ふ》き出した。

「次、あれな！」

もちろん俺が指差すのは、別のジェットコースターだ。

STORY 003

メリーゴーランド

「めっちゃ可愛い！」

そう言って、煌《きら》びやかなメリーゴーランドに駆《か》けていったのは杏奈《あんな》だ。

私と久美《くみ》、そして明子《あきこ》と杏奈は仲良し四人組。

「でも、スマホが繋がらないよね」

明子が言うように、どうやら園内では『圏外《けんがい》』になっているらしい。

私たちにとってネットと切り離《はな》されるのは死活問題だが、遊園地という非日常のシチュエーションがうまく補ってくれていた。

「あおい、乗る？」

久美に聞かれて、小さく頷《うなず》く。

ジェットコースターの類《たぐ》いは無理だけど、これなら乗れる気がした。でも馬に跨《またが》るのではなく、その横の馬車のようなマシーンに小さく座ってバーを掴《つか》んだ。

やがて軽やかなメロディと共に、メリーゴーランドがゆっくりと回転する。

「あおい、こっち！」

反対側の杏奈に、手を振《ふ》り返して微笑《ほほえ》む。

どこか懐《なつ》かしさを覚えるのは、子供の頃《ころ》に乗ったことがあるからか？

いつだろう？　そういえば、家族とできたばかりの遊園地に行った記憶《きおく》がある。あれはまだ私が五、六歳《さい》だったろうか？

ぐるぐると回りながら、過去に思いを巡《めぐ》らせていると――。

不意に熱さを感じた。

逃《に》げ場のない熱が私を取り囲む。瞬《また》く間に辺りを火の海にし、炎《ほのお》の嵐《あらし》が轟轟《ごうごう》と咆哮《ほうこう》を上げて全てを焼き尽《つ》くす。

「あおい、あおいっ！」

誰《だれ》かの切羽《せっぱ》詰《つ》まった声が炸裂《さくれつ》し、意識が弾《はじ》け飛ぶ。

ぐるぐる。ぐるぐる。体ごと回転して、天地がひっくり返る。

痛い。凄《すご》く痛い。痛くてたまらない。

自分ではどうしようもできず、人間というのはなんて非力なのだろうと、熱に魘《うな》されながらそんなことを思った——。

「あおい、あおい？」

先ほどとは違《ちが》う、どこか気遣《きづか》わしげな声。

目を開けると、馬車の中を久美が覗《のぞ》き込《こ》んでいた。その向こうには、杏奈と明子も居る。

二人とも、なんだか戸惑《とまど》っている様子だけれど…？

「ちょっと気持ち悪かったみたい」

どうやら酔《よ》って気を失ってしまった私は、友人たちに向かって微笑んでみせた。

今も熱を感じたまま。

熱と痛み。
あまりにリアルな夢。
あおいが見たのは、なんだったのか？
正夢？
それともメリーゴーランドなだけに——走馬灯《そうまとう》？

STORY 004

観覧車

観覧車ですることといったら、一つしかなくない？

なんか高いし、距離《きょり》は近いし、いい感じのシチュエーションじゃね？

回り終わるまでの限られた時間って、どっかシンデレラみたいでさ。特別感っていうか、そういうのあるじゃん。

「ターくん、早く乗ろうよ！」

彼《かれ》ぴっぴの拓郎《たくろう》の手を引いて観覧車の前までやってくると、箱がゆっくりと近づいてくる。

「ユリ、乗らないのか？」

「なんか色がヤだ。あれがいい！」

三つ後のピンクを指差すと「乗り放題だからどれでもいいよ」なんてスタッフ？　が言ってくれた。

ユリの可愛さなら、ワガママも通っちゃうんだよねー。
中に乗り込《こ》み、とりま向かい合って座ってみる。やっぱうちのダーリンはイケメンだ。
「そういやさ、ここって入ったら戻れないって遊園地なのか？」
なんそれ？
あっ、でも誰《だれ》かがそんなこと言ってたっけ？
変わった名前の遊園地があって、そこに迷い込んでしまうと二度と帰れないとか？
いやいや、あるわけないっしょ。でもちょっと怖《こわ》がってる姿もまた可愛い。
そのままのんびりと進んでいくと、四分の一ほどしてターくんが寄ってきた。
肩《かた》に手を回し、なかなかいい雰囲気《ふんいき》。ここなら、遠慮《えんりょ》なくいちゃいちゃできる。
ちょうど頂上の手前で、うちらはキスをした。
これよこれ。いつもとは違《ちが》い、刺激《しげき》が強くて――。
「ん？」

うちは唇《くちびる》を離《はな》して振《ふ》り返った。

「なんだよ？」

「なんか…見られてる気がして」

「そんなわけないだろ？」

「…だよね？」

そう言いながらも周りを見回していると、ターくんに顎《あご》を掴《つか》まれた。

再び、今度は濃厚《のうこう》な口付けを交わす。

——まただ。また誰かに…？

その時、ふと気づく。

他の観覧車に乗ってる陰《いん》キャどもが、うちらを覗《のぞ》き見しているのだと。

それならそれで構わない。逆に見せつけてやろう。

うちはターくんと舌を絡《から》ませた。

でも、ユリはあとから気づいたことがあってー。
ユリがピンクのに乗りたいってワガママ言った時、
スタッフ？　は『乗り放題』って言わなかったっけ？
それって、他に誰も居ないってことじゃね？
それに視線を感じたのはてっぺんだったよね？
誰かが見てるのはおかしくない？
てことに気づいたユリって、天才！

STORY 005

バンジージャンプ

俺《おれ》は絶叫《ぜっきょう》マシーンなんかじゃ、満足しない。

もっとこう、ヒリつくような感覚を味わいたいんだ。

それにはこの、バンジージャンプは打ってつけだった。

ロープ一本を、足や腰《こし》につけて飛び降りる。もし心許《こころもと》ないロープが切れたら、それで一巻の終わり。中学を卒業したら、今度はスカイダイビングに挑戦したいが、まずはこれで肩《かた》慣らしといこう。

そんな記念すべき姿をお披露目《ひろめ》してやりたかったのに、クラスメイトは『怖《こわ》い』や『それよりジェットコースターだろ?』と言って、誰《だれ》一人、来てはくれなかった。

まぁ、いい。

俺様の度胸を知らしめるのは、この俺自身で充分《じゅうぶん》だ。

橋の真ん中にやってくると、それなりに高さがある。だが、こんなことで足がすくむような俺じゃない。ヘルメットやらベルトをつける間も、早く飛びたくて仕方がなかった。あとはロープだけとなった時、スタッフが秘密を打ち明けるように耳打ちしたんだ。

「こちら、逆バンジーです」

「えっ、逆？」

振《ふ》り向いて聞き返したが、これ以上は話すことはないという雰囲気《ふんいき》。

逆とは一体なんだ？

普通《ふつう》に考えると、逆に飛ぶのか？　たまにテレビでも観ることがある。落下するのではなく、勢いよく上に飛んでいくやつを。でもどう見たって上に飛ぶようなクレーンなどもなく、下に落ちていくだけじゃないのか？

どういうことか知りたかったが、ここであれこれ訊《き》いてしまえば怖気付《おじけづ》いたと思われかねない。それだけは、俺のプライドが許さなかった。

だからおとなしく黙《だま》っていると、最後のロープが掛《か》けられる。

「えっ、ちょっと？」と首に手を掛けたが、スタッフに少し背中を押されてしまう。

「じゃ、掛け声いきますね」

「ま、待ってくれ！」

「スリー、ツー」

「待ってって！」

「ワンッ！」

抵抗《ていこう》しているというのに、半ば突《つ》き飛ばされるようにして俺は橋から落ちる――。

そしてロープが首に食い込《こ》むと、すぐに『逆バンジー』の意味が分かった。

あぁ、そういうことか。

本当は両手を広げ、鳥のように軽やかに飛び立つつもりだった。
高飛び込みのオリンピック選手でもいい。
バンジージャンプは足か腰にロープをつけて、
頭から真っ逆さまに飛び込むものだろ？
逆ということは、逆さまじゃなくて
そのままの体勢で落ちるということ。
十字架《じゅうじか》に磔《はりつけ》にされた、イエス・キリストのように。

STORY 006

迷子のアナウンス

「絶叫系《ぜっきょう》はひと通り乗ったから、観覧車とかにする？」

園内のパンフレットを手に、私は美里《みさと》に尋《たず》ねた。

「いいね、ゆっくり将来のことでも語り合いますか？」

「私は彼氏《かれし》とキスがしたかったけど」

「まず見つけてから言いなさい」

そんなやり取りをしていると突然《とつぜん》、園内放送が流れ出した。

『園内のお客様に迷子のお知らせをいたします。黄色い半ズボンとクマのプリントのティーシャツを着たマコトくんを見かけた方、お父さんとお母さんが捜しておられます。お心当たりのある方は、お客様センターまでご連絡《れんらく》下さい』

「ねぇ、あの子だよね？」と美里が指を差す。

まさに園内放送で告げた服装の、マコトくんらしき男の子がそこにいた。年の頃《ころ》は三歳《さい》くらいだろうか？　激しく泣いている。

「マコトくん？」

すぐに駆《か》け寄って声を掛《か》けたが、よほど心細いのか泣き止むことはなかった。

「お姉ちゃんたちが、お父さんとお母さんのところに連れていってあげるから」

五人兄弟の長女である美里は、さすがに幼子の扱《あつか》いに慣れている。

両側から挟《はさ》むようにして、私たちは迷子を両親のもとに送り届けた。

「マコトッ！」

お客様センターで待ち構えていたお父さんらしき男性が、マコトくんを抱《だ》き上げる。

「もう、どこに行ってたのよ!?」

お母さんらしい女性が、何度も私たちに向かって頭を下げた。その間もマコトくんの泣き声は園内中に響《ひび》き渡《わた》っている。さっきよりも盛大に。しかしきっと安堵《あんど》の涙《なみだ》に違《ちが》いない。

最後に手を振《ふ》ろうと振り返った私は、ハッと息を飲む。

お父さんとお母さんが痙攣《けいれん》して激しく揺《ゆ》れたかと思うと、目や鼻、口といった穴という穴から黒い触手《しょくしゅ》のようなものが飛び出して、二人を覆《おお》っていく。人間だった輪郭《りんかく》は溶《と》けてなくなり、不気味で禍々《まがまが》しい物体に――。

「なんか良いことしたよね」

「えっ？」

美里の言葉に向き直り、再び家族を振り返った時には…お父さんとお母さんがこっちに向かって手を振っていた。

一体、今のはなに？　幻覚？　それにしてはリアルで気持ち悪かったけど、気のせいよね？

手を振ってその場を離《はな》れる私たちは、改めて善意を噛《か》み締《し》める。

「これで彼氏もできるはずよ」

「…美里、見返り大きすぎない？」

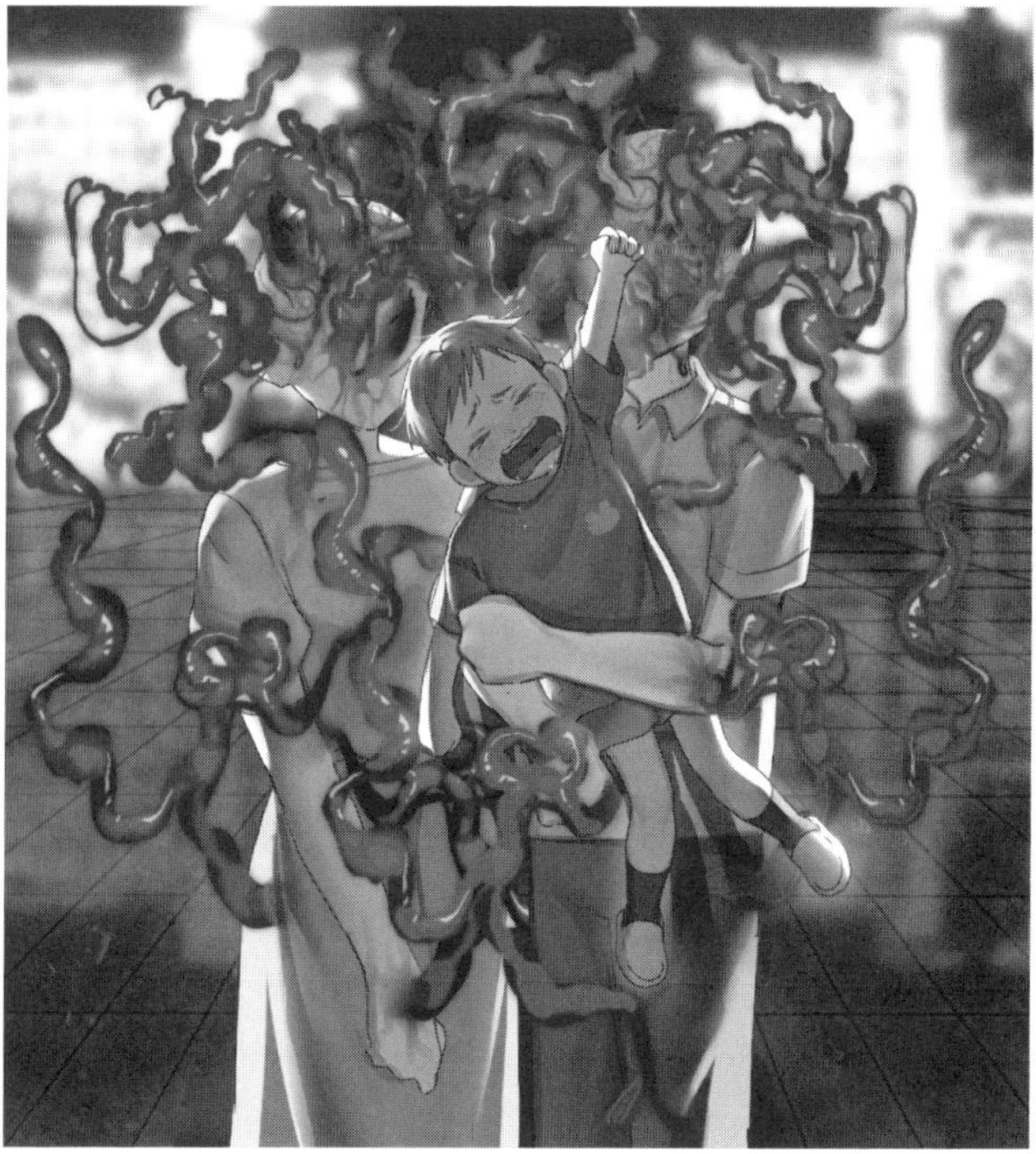

黒いものは別として、マコトくんはずっと泣いていた。
両親とはぐれて寂《さび》しかったから？
無事に送り届けると、さらに泣いたのは
本当に安堵の涙なのか？
もしかしたら、恐怖《きょうふ》の涙なのでは？
『あれ』は本当に、両親だったのだろうか？

STORY 007

巨大迷路

「あおい、迷路しよう！」

久美《くみ》に言われ、私たち四人は巨大迷路の入り口に立った。

でも、明子《あきこ》も杏奈《あんな》もなぜか顔色が悪く、口数も少ない。

さっきメリーゴーランドに乗ってから、それまでとの空気感が変わったような気がする。

私が気を失っていた間に、何かあったのだろうか？

「ゴールが見つからなかったらどうする？」

「えっ？」

「この迷路の中で暮らさなきゃいけなかったりして」

唯一《ゆいいつ》、明るいのは久美だけ。その勢いに押されるように私たちは迷路の中を進んでいく。

奥《おく》に行くにつれ、こっちじゃない？　あっちだよ？　などと、次第に明子たちにも元気が戻《もど》ってきた。アルファベットをAから順に進んでいき、出口を探す。しかし、なかなか出口は見つからない。私も協力したかったが、足手まといになるのは避《さ》けたい。だからただ黙《だま》ってみんなの後をついていったが――気づけば、誰《だれ》もいなかった。

「久美？」

いつも私の後ろに居る親友を振《ふ》り返ったが、久美だけじゃなく、明子も杏奈も姿を消していた。

きっと、先に行って進むべき道を見極めているんだ、そうに違《ちが》いない……。

けれど、いつまで経っても戻ってくる様子がない。それどころか、遠いところから笑い声が聞こえてくる。それも、とても嫌《いや》な笑い声。示し合わせて、ターゲットを小馬鹿に嘲《ちょう》笑《しょう》する声は、嫌でも私の過去を思い起こさせる。思い出したくなんかない、辛《つら》かった日々を…。

「…久美！」

返事が欲しくて、涙声《なみだごえ》で親友の名を呼ぶ。しかし返事はない。

まさか、本当に置き去りに？　ううん、そんなわけない。そんなわけない。そんなわけ…。

迷路の上からなら、誰がどこに居るのか、出口だってすぐ分かるのに――。

唇《くちびる》を噛《か》み締《し》めながら高い壁《かべ》を見上げていると、ある記憶《きおく》の扉《とびら》が開く。

『まだ六歳《さい》だから上からは見られないね？　でも、初めっから出口はないんだよ』

それは温かく、とても懐《なつ》かしい声。

『どういうこと？』と尋《たず》ねるのは、幼い頃《ころ》の私だ。

そのことに気づくと、記憶の波が一気に押《お》し寄せてくる。

「あっ、分かった。入り口だ」

そう呟《つぶや》き『出口』を目指し、記憶を辿《たど》るようにしてアルファベットを遡《さかのぼ》り始めた。

それと同時に、一つ確信する。

私、ここに来たことがあると。

「なぞなぞは知ってるだろ？」

「うん、パパがいつも出してくれるやつ」

「そう、この迷路はそれと同じ。出口はもう知ってるはずだよ？」

「私が知ってるの？」

「だって、初めにパパと一緒《いっしょ》に通ってるからね」

STORY 008

ウォータースライダー

「やべっ、これ最高！」

びしょ濡《ぬ》れの淳司《あつし》が、馬鹿みたいにはしゃいでいる。

「もう、ずぶ濡れじゃない！」

その横で、香織《かおり》も満更《まんざら》でもない様子だ。それを僕《ぼく》は、少し離《はな》れたところから眺《なが》めていた。

三人でウォータースライダーに乗ったのは初めの一回きりで、あとはスライダーが急降下してくる橋の上に立って水飛沫《みずしぶき》を浴びるという、子供じみた遊びに興じている。

こんな下らないことを考えつくのは、淳司しか居ない。僕の親友はいつも、どうでもいいことに夢中になる。腹が立つくらい、ガキなんだ。

「もうやだ！」

「逃《に》がさないからな！」

周りを気にすることもなく、カッパを着ている香織に抱《だ》きつくのは、二人がクラスでは公認の仲だから。

濡れることに文句を言いながらも、こういった遊びにも付き合うクラス一のマドンナだ。

「ちょっと助けてよ！」

香織が僕に向かって手を伸《の》ばす。

香織は誰《だれ》にでも優しくて綺麗《きれい》で、それなのにどうして淳司なのか？

淳司は下ネタばかりで、頭も悪くて、見た目だって僕より悪い。それなのに、どうしてよりにもよって、淳司なんかと――。

そうこうしている間に、次のスライダーが出発をしていた。あのカーブを曲がって、橋の下をくぐり抜《ぬ》ける。津波《つなみ》のような飛沫が舞《ま》い上がり、踏《ふ》ん張っていないと吹《ふ》き飛ばされてしまうだろう。

「傘《かさ》、傘をさせって！」

淳司が僕に向かって笑う。

傘なんてとうにひっくり返ってなんの意味もないが、折れた傘を手に抱き合っている二人に近づく。

そういえば、傘を持ってないクラスメイトに、躊躇《ためら》うことなく自分のを貸してやる姿にキュンと来たんだ。それ以来、さり気ない優しさを僕だけはずっと見てきた。僕だけがその優しさを知っているんだ……。

スライダーが跳《は》ね上げる水量は半端《はんぱ》なく、その間は水の壁《かべ》ができて何も見えなくなる。

「おい、来るぞ！」

こちらに向かって滑《すべ》り降りてくるスライダー。無邪気《むじゃき》に待ち構える淳司と、嬉《うれ》しそうな香織。もし、橋から転落したとしても事故と思われるだろう。だからそっとカッパに向かって手を伸ばす。

僕が先だった。お前より先に『あいつ』を好きだったんだ——。

馬鹿でお調子者の淳司は、
濡れることなんて厭《いと》わない。
カッパなんて小手先の小細工は好まないんだ。

僕が好きだったのは――。

STORY 009

レストラン

「いらっしゃいませ、三名様ですか？」

そうウエイターに尋《たず》ねられ、私は思わず後ろを振《ふ》り返った。

――誰《だれ》も居ない。

「うちら二人だけど？」

前に居るミカの代わりに答えると、しばらく年齢不詳《ねんれいふしょう》のウエイターと見つめ合う。

二十歳《さい》くらいにも見えるし、見ようによってはおじさんにも見えてなんだか気味が悪い。

「ミカ、他の店にする？」

そう言ってみたが、ミカはぼんやりと俯《うつむ》いている。ここ最近、よく見る光景だ。

「どっか他のところに――」

「園内のレストランは当店だけでございます」

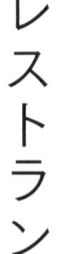

「えっ、そうなの？」

「…ここでいい」

ようやく返事があったので、仕方なくテーブルについた。しかしメニューがない。

「園内は一切、食べ物を販売《はんばい》しておりません」

「はぁー？」

「飲み物のみでございます。お好きなものをどうぞ」

「抹茶《まっちゃ》ラテ、生クリーム多めで」と言ってやろうかと思ったが、なんだかこいつと関わり合いたくない。私はコーラで、ミカがアイスコーヒーを頼《たの》んだ。

「でもさ、やっぱここだよね？　あの噂《うわさ》の遊園地って」

「…噂？」

「知らない？　なんか入ったら出られないってSNSで話題になってたじゃん」

そう言ってデコってあるスマホを取り出したが、繋がらないことに気づいてげんなりする。しかもミカの体調が悪くて、ろくに乗り物に乗れていない。

「お待たせしました」

ウエイターが私の前にコーラを置く。

そしてミカの前に『オレンジジュース』を置いた。

「ちょっと、間違《まちが》ってるけど」

はっきり指摘《してき》してやったが「これで合っております。カフェインは体に毒ですから」と言う。

むかっ腹が立って腰《こし》を浮《う》かせたが、ミカが黙《だま》ってオレンジジュースを飲み始めたので、ため息をついて座り直す。

あぁ、こんなことならユリたちと遊べば良かった。

これじゃ、まるで病人の世話をしてるみたいじゃない。

苛立《いらだ》ちを抑《おさ》えるように、私はコーラを一気飲みしてやった。

ウエイターが本当に合っているのだとしたらどうだろう？
ミカに『アイスコーヒー』ではなく
『オレンジジュース』を持ってきたのは
『カフェインが毒』だからだと言う。
それに『二名』ではなく、
本当に『三名』なのだとしたら？
彼《かれ》には特別な『何か』が見えていたのかもしれない。

STORY 010

お土産屋《みやげや》

私――橋本久美《はしもとくみ》はみんなのリーダーだった。

杏奈《あんな》は何かを決めるタイプじゃないし、明子《あきこ》もおとなしい。だから必然的に私がグループを引っ張らないといけない。これまではそのことに対して大きな不満もなかったが……。

「次はどれにする？」

園内パンフレットを開きながら三人で連れ立って歩いていると、人混みが目に飛び込《こ》んできた。

「なんか見てこうか？」

可愛らしいものに目がないのは、私たち仲良し四人組だけじゃないだろう。お土産売り場は人で賑《にぎ》わっていて、ぬいぐるみやマグカップ、この遊園地だけのキャラクターものなど、珍《めずら》しいものが取り揃《そろ》えられている。

「これ、お揃いにしない？」

私が掲《かか》げたのは、見たことがないゆるキャラが笑っているキーホルダーだった。なんだか黒いスライムのようなキャラで、喜怒哀楽《きどあいらく》バージョンがあり、それぞれ表情が豊かだ。どれにするか見ていると、近くにいた店員が「ちょうどいいわね」と言って微笑《ほほえ》む。

「いいじゃん、なんかブサカワだし」

杏奈はすでに手に取っている。

「私は哀しいのにする。哀愁があるから」

明子は優等生らしく、手にしたまま何度か頷《うなず》く。

「じゃ、私は…」

「これ、私がプレゼントするよ！」

大きな声で宣言し、喜怒哀楽を一つずつ手にする。

「久美、いいの？」

他人を気遣《きづか》うことができる、気配り屋さんの明子。

「なにか、三人での思い出を残したいの」

「じゃ、遠慮《えんりょ》なく」

ムードメーカーの杏奈は、こういうところは素直だ。

「怒《いか》りは要らないよね？　三つでいいかな」

レジで会計を済ませると、外で待っていた二人にお土産を手渡《てわた》す。

「久美、ありがとう」

「サンキュー！」

微笑む友人たちに向かって、問いかける。

「じゃ、次どうする？　なんか三人で乗れるやつ探そうか」

お土産屋を出ると、私は二人の腕《うで》を取って歩き出す。

しっかりと思い出を刻み込むために。

喜怒哀楽のキーホルダーを見た時に店員から
「ちょうどいい」と言われたのは、それが全部で四つだから。
そして私たちは三人ではなく、四人。
さり気なく振《ふ》り返ると、少し後ろにあおいがいた。
伏《ふ》し目がちで、今にも泣きそうだ。
ふと目が合いそうになり、慌《あわ》てて向き直る。
もう、あの子は友達でもなんでもない。
居ないものとして扱《あつか》わなければ。
四人組のリーダーとして。

STORY 011

スワンボート

【乗ると絶対に別れるボート】

「でも、ホントに別れたらどうするのよ？」

茜《あかね》はどうやら気が進まないようだ。

「んなわけあるかよ？　こういうのは、わざと噂《うわさ》を垂《た》れ流して儲《もう》けようとしてんだよ」

「もし別れたら、それボートのせいじゃないからね」

「なんだよそれ？　俺《おれ》のこと好きだろ？」

これでも俺は、クラスで一番二番を争ってるイケメンだ。言い寄ってくる相手は多いが、女なんてモテる男のほうがいいに決まってるんだ。茜だって、そっちから告白してきたんだから。

「嫌《きら》いじゃないけど」なんて天邪鬼《あまのじゃく》なことを言う茜を、乗り場まで連れていく。

「ほら、乗るぞ」

ふわふわと池に浮《う》いているスワンボートは、色褪《いろあ》せていて年季が入っている。二人で横並びになってペダルに足を置き、自転車を漕《こ》ぐ要領でゆっくりと進む。

池はいたって穏《おだ》やかで、すぐに真ん中辺りまでやってきた。

「噂っていえば、ここだよね？　二度と出られないっていう遊園地」

「単なる噂だろ？　嘘《うそ》に決まってんじゃん！」

「でも私、出られなくても二人で居れたらそれでいいかも」

可愛いことを口にしていた茜はでも、すぐに根を上げた。

「もう無理、足がダルい！」

「心配すんなって、俺が漕いでやるから」

「なにカッコつけてんのよ」

冷やかしつつも、どこか嬉《うれ》しそうだ。

どちらからともなく顔を寄せ合った時、ぐわんとボートが大きく揺《ゆ》れた。

バランスを崩《くず》さないよう、互《たが》いの手を取り合う。

「びっくりした。風？」

「とりあえず戻《もど》るか？　変な噂は偽物《にせもの》だって証明できたしな」

「でもまだ、出られないってことは証明してないけど？」

「まだ言ってんのかよ、ほら帰るぞ」

そう言ってペダルを漕ぎ出す。

別れるどころか、帰りは茜と手をつないでいる。

息を合わせながら前に進み、時折お互いの顔を見合わせては微笑《ほほえ》む俺たちに、別れなど訪れるはずがない。

俺は自らの手で、そのことを立証してやった。

【乗ると絶対に別れるボート】はなにも、
恋人と別れると書いてはいない。
池なのに大きく揺れたのは、
どうしてか？
何かが潜《ひそ》んでいるのでは？
注意書きが指し示すのは
【この世】との別れかもしれない。

STORY 012

バイキング

私はいつも『お姉ちゃん』と呼ばれていた。

君島理恵《きみしまりえ》という、ちゃんとした名前があるのに『お姉ちゃんなんだから我慢《がまん》しなさい』「お姉ちゃんなんだから譲《ゆず》ってあげて」『お姉ちゃんでしょ？』と言われるのは、九つ下の妹の早希《さき》が居るからだ。別にお姉ちゃんになんか、なりたくてなったわけじゃ…。

「理恵、今度あれにしない？」

親友の直子《なおこ》が指差すのは、ぶらんぶらんと左右に揺《ゆ》れている海賊船《かいぞくせん》だった。乗客が歓声を上げていて、クルっと一回転する船を見上げていると――。

「お姉ちゃん！」と女の子が私の手を握《にぎ》る。

ぎょっとして見下ろすと、見知らぬ子がバツが悪そうに駆《か》けていく。どうやら、私のことを姉だと勘違《かんちが》いしたようだ。

「…大丈夫《だいじょうぶ》？」

直子の気遣《きづか》わしげな物言いには訳があるんだ。

妹が忽然《こつぜん》と姿を消したのは、半年前。事故なのか事件なのか分からず、今でも両親はビラを配っている。いつの日かまた家族四人で暮らせることを信じて。

右側の後方あたりに並んで座り、続々と船に乗り込《こ》んでくる人を眺《なが》めていると、すぐに座席はほぼ埋《う》まり、バイキングが船出をする。

青い空へとゆっくりと動き出し、徐々《じょじょ》に高くなっていく船体は半分ずつ向かい合って乗るタイプだから、少し恥《は》ずかしくもあり、可笑《おか》しくもあって――。

「っ…!?」

声を張り上げるのも忘れて、前方に釘付《くぎづ》けになる。そしてそれは、直子も同じだった。

「理恵、あれ…早希ちゃんじゃ？」

対角線上に、確かに妹の早希が座っていた。無表情で私たち――いや、私を見つめている。

「そんな…あり得ない」

ぼそりと呟《つぶや》いた時、早希の顔が一瞬《いっしゅん》で黒くなった。

「あれ、居ない？　見間違いかな？」

首を傾《かし》げる直子の横で、私は震《ふる》えを止めることができなかった。

バイキングが高さを増すたび、黒い早希が少しずつ少しずつ近づいてくる。今は五列先に居るのに、直子はまるで気づいていない。もしかして、私にだけ見えるの？

四列、三列…確実に近づいてくるたび、どんどんと早希の形を無くしていく。でもあれは間違いなく私の妹だ。ぎゅっと目を閉じ、消えることを祈《いの》りつつゆっくりと目を開く。

「お姉ちゃん」

目の前に妹が立っていた。

けたたましい私の悲鳴は、船員たちの楽しげな雄叫《おたけ》びにかき消されてしまう。

「お姉ちゃん、それちょうだい」

妹が目ざとく駆け寄ってきた。

「やだよ。私が見つけたんだから、四つ葉のクローバー」

「私も欲しいの！」

崖《がけ》の上の草むらで、妹が何度も飛びついてくる。

「自分で見つけたらいいでしょ？」

「ちょうだいちょうだいちょうだい！」

「嫌《いや》だって！」

「ちょうだいよ——お姉ちゃんなんだからさ」

STORY 013

展望台

どうして？

どうしてなの？

さっきまで、あんなに普通《ふつう》だったのにどうして？

どれだけ自分に問いかけてみても、思い当たることはない。

何か気に障《さわ》るようなことを言ったのか？

気づかないうちに、不快な思いをさせてしまったのだろうか？

ただ、そうじゃないと説明がつかない。私たちは、仲良し四人組だ。転校してきた私を、久美《くみ》たちは優しく迎《むか》え入れてくれたのに…。

なんとか巨大迷路を抜《ぬ》け出して合流したが、私は自分が幽霊《ゆうれい》になった気分だった。

だって、お土産屋《みやげ》では『居ないもの』として扱《あつか》われたのだから。

輪から外れて一人で考えたくて、見晴らしがいい展望台にやってきた。

それに久美たちのことだけじゃない。

私はこの遊園地に来たことがある。それに『せびと』という、どこか不気味な語感に聞き覚えがあった。そのことも思い出したくて物思いに耽《ふけ》る。

ここからなら、遊園地が一望できた。

子供用に作られたのか、望遠鏡は低く設置されており、私はレンズを覗《のぞ》き込《こ》む。

ジェットコースターが急降下していき、賑《にぎ》やかな悲鳴がここまで聞こえてくると胸が痛くなったのは、同じ時間を楽しく過ごせる友が側に居ないからか？

観覧車にスワンボート、射的なんかの屋台などを眺《なが》めていると、ふと人の列を見つけた。

長い長い列ができている。あれは、どうして並んでいるのだろう？

列の先を追っていくと、遊園地の反対側にもうひとつ駐車場がある。そこに何台ものバスが連なっていた。帰りのバスだろうか？　車両にピントを合わせると、ナンバーが目に飛び込んでくる。

『10―59』と『04―59』。

どのバスのナンバーも、二つのうちのどちらかだ。それ以外はなく、どんどんと人が乗り込んでいく。

私たちと同じバス旅行？　いや、よく見ると子供もいればお年寄りもいて、年齢《ねんれい》も様々だ。

家族でバスツアーに参加しているとか？

「仲が良いな…」

ぽつりと呟《つぶや》く。

それは、私にはもう望むことができない光景。それならせめて友達だけは大切にしたい。

以前のように…。

あおいが見たバスのナンバーは、
どうして二つしかないのか？
『10 — 59』と『04 — 59』。
それが行き先を表しているのだとしたら？
二つの違《ちが》いは『10』と『04』だけで『59』は同じ。
あなたならどう読む？
英語でカウントする？
それともそのまま？

STORY 014

蝋人形《ろうにんぎょう》の館

「うわ、きもっ！」

そんな声が、あちこちから上がっている。

興味本位で入った蝋人形の館は、なんだか少し薄暗《うすぐら》くて気味が悪い。

飾《かざ》られている人形も精巧《せいこう》な作りで、知っている有名人たちによく似ていた。

「これ、誰《だれ》だっけ？」とクラスメイトが、一体の人形の前で首を傾《かし》げている。

「それは、昔の歌手だよ。ほら、替《か》え歌がヒットした」

僕《ぼく》がそう言って一節をハミングすると、みんなは一様に「あぁ！」と手を叩《たた》く。

それからも館内を進んだが、同級生たちが立ち止まり、僕が誰かを説明するというパターンばかり。

「信一《しんいち》、お前よく知ってるよな？」

「昔、叔父《おじ》さんに可愛がられたからさ」

子供の頃《ころ》、叔父と一緒《いっしょ》に住んでいたため、昔のエンタメに詳《くわ》しかったりする。一風変わった叔父で、ろくに働きもせずに放浪《ほうろう》し、数年前に事故であっさり亡くなった。

「これは誰だっけ？　どっかで見たことあるけど」

誰かの問いかけに「昔の女優だよ」と教えてやる。

「そういや、殺されたんじゃなかった？」

「ファンに刺《さ》されてね」

「てか、蝋人形て死んだやつばっかしなの？」

「それは…」

どうだろう？　亡くなった記念に人形になるわけじゃない気がしたけど…？　でもよく見ると、どの人形も不慮《ふりょ》の死を遂《と》げたり不幸な事故に遭《あ》った人ばかりだ。

「えっ、信一じゃん!?」

「わっ、ほんとだ！」

大きく手招きされて行ってみると——確かに学生服を着た僕にそっくりの蝋人形がいた。

「信一、お前そのうち死ぬんじゃないの？」

縁起《えんぎ》でもないことを言う友達に、すぐに思いついた種明かしをする。

「これきっと、叔父さんじゃないかな？　昔の写真を見たことあるけど、似てたんだ」

「お前の叔父さん、有名人なの？」

「分からないけど、そうなのかも」

蝋人形になるくらいだから、なにか功績《こうせき》があったのかもしれない。

いや、そんなことはないと、すぐある矛盾《むじゅん》点に気づく。

叔父は変わり者だったため、学校には一度も行っていないといつも自慢《じまん》げに話していた。

それなのに学生服を着ているのは、明らかに不自然だ。

それじゃ…これは本当に僕なのか？

蝋人形についてはさておき、
僕は叔父のある口癖《くちぐせ》を思い出していた。
どこか投げやりに、いつもこう言っていたんだ。

「俺《おれ》は『せびと』みたいなもんだから」と。

STORY 015

喫煙所《きつえんじょ》

あぁ、うざい。

修学旅行の引率なんて、罰《ばつ》ゲームでしかない。

そもそも、なんで教員になったかさえ今の俺《おれ》には思い出せない。

うるさくて生意気盛りの生徒と、自分の都合しか考えていない保護者。

タバコでも吸わないと、ストレスを抑《おさ》え込《こ》むことができなかった。

けれど今は、ニコチンの効果はそれだけじゃなく、焦《あせ》りや困惑《こんわく》など、どうしていいか分からない気持ちを、少しだけでも鎮《しず》めてくれる。たとえそれが気休めだったとしても…。

「影山《かげやま》せんせー、俺にも一本ちょうだい！」

ふざけた生徒が、喫煙所を横切っていく。

俺は無言で煙《けむり》を吐《は》き出したが、やつらが立ち止まった。

「なんかイラついてね？」

「奥《おく》さんと喧嘩《けんか》したとか？」

「せんせー、土下座して謝ったら？」

勝手なことを言って笑う馬鹿どもは、無視するに限る。

まともに相手をせず、苛立《いらだ》ちを抑え込む。

しかし、ある生徒の言葉は聞き捨てならなかった。

「もしかして影山せんせー、おめでた？」

タバコの灰が、ポトリと落ちていく。

「うちの父親も、母親が妊娠《にんしん》したらなんかタバコの数が増えたし」

「そんなんじゃない。早く行け！」

ついイラついて声を荒《あら》げたのは、まさに図星だったからだ。

『──赤ちゃんができたの』

俺にとってはもちろん、初めての子供だった。

俺が父親に？

いずれは授かる称号《しょうごう》だが、心構えができていない。

あまりにも突然《とつぜん》で、どう振《ふ》る舞《ま》ったらいいか分からない自分がいた。

おのずと、タバコの本数が増える。

吸っている時だけは心が落ち着き、頭が冴《さ》え渡《わた》っていく。

「もう一本」

俺はタバコを取り出した。

せっかく授かった赤ちゃんを
喜べない影山先生。
その母親は一体、誰《だれ》なのだろう？
もし教師に最も近しい存在が
相手なのだとしたら？

STORY 016

ミラーハウス

「ミラーハウスだってさ！」

誰《だれ》かが声を上げ、僕《ぼく》たちはその館に近づいた。

寂《さび》れたような佇《たたず》まいが、自分たちを象徴《しょうちょう》しているようだ。

今頃《いまごろ》、一軍たちがジェットコースターやゴーカートなどの目立った乗り物に興じているはず。できれば同じ空間に居たくないと思うのは、教室の隅《すみ》で身を寄せ合っている、三軍の僕ら。下手に目につき、いじめられるのは避《さ》けたい。

同じ思いを抱《かか》える者同士、ひっそりと息を潜《ひそ》めることを覚え、同じく遊園地の三軍である洋館に入っていく。

ハウスの中に一歩足を踏《ふ》み入れると、なんだか急に息苦しさを覚えた。

こういうところも、どこか教室と似ている。

入ったら帰れないという噂《うわさ》の遊園地、できることなら陽キャの奴《やつ》らだけを閉じ込《こ》めてくれないだろうか？　そうすれば、僕らの学園生活も輝《かがや》くだろう。

そんな叶《かな》わぬ期待を夢見ながら、先を行く友人たちを追いかける。

そういえば…と、ふと足を止めた。

この世のものじゃないものは、鏡に映らないんじゃや？

いや、あれは吸血鬼《きゅうけつき》だったか？

日陰《ひかげ》で本ばかり読んでいるから、そんなにわかな知識ばかりが身につく。

もしかして、ここから出られないのは僕たちだったりして？

恐《おそ》る恐る、最初の一歩を踏み出す――。

「ひっ！」

情けない声を上げてしまったのは、鏡に何か奇妙《きみょう》なものが映ったからじゃない。

その逆で、鏡には何も映っていなかったから…。

「嘘《うそ》だろっ？」

いくら鏡に向かって手を振《ふ》っても、その場で飛び跳《は》ねてみても、鏡は無機質にこちらを見返しているだけ。

ということは、僕はすでにこの世のものじゃないの？

思わず震《ふる》えが込み上げてきたその時、前を行く仲間が「なんも映らないじゃん」と、鏡の前でポーズを決めている。

「なんだよ、驚《おどろ》かすなよ」

どうやらこのミラーハウスは、人の姿が映らない仕掛《しか》けらしい。

拍子抜《ひょうしぬ》けした僕はさらに、後から入ってきた子供たちも鏡に映っていないことを知り、びびった自分を笑いながら奥《おく》へと進んだ。

常に他人の目を意識して学校生活を送っている三軍は
自分に自信がなく、己の意見を貫《つらぬ》くということがない。
すぐに周りに合わせてしまうのは、
下手に波風を立てたくないからだ。
周りが映っていないのだから、自分も映っていない？
けれどもしも、本当に鏡に映っていないのだとしたら？

STORY 017

フードコート

どんな学校でも【クラスカースト】というものが存在する。

ピラミッドのどこに位置するのかは、ほぼ新学期の段階で決まっており、その枠《わく》を飛び越《こ》えることは、よほどのことがないと認められない。

「あーおい、一人？」

そう声を掛《か》けられた時、つい振《ふ》り返ってしまった。

いつものように、聞こえない振りをして足早に立ち去れば良かったが……。

それならそれで、後で何倍にもなって返ってくるから厄介《やっかい》だけれど。

「一緒《いっしょ》にランチしない？」

どこから見てもひとりぼっちの私に、優しく声を掛けてくる篠崎由貴《しのざきゆき》は『ユッキー』とみんなに慕《した》われている。

はたから見れば、仲間はずれにされた同級生を気遣《きづか》っているように見えなくもないが、クラスの女王様である彼女《かのじょ》は、ただ暇《ひま》つぶしがしたいだけ。

その証拠《しょうこ》に、私の返事を待たずに半ば無理やり背中を押す。そしてそのあとを取り巻きたちが続く。

「あおいは何が食べたい？」

『パンを買ってこい』と言われたことはあるが、リクエストを聞かれたのは初めてだ。

カースト頂点に君臨するお姫《ひめ》様の言うことは絶対。

ましてやピラミッドの最下層で這《は》いつくばる私には、拒否権《きょひけん》など初めからない。

「お子様ランチにする？」

ユッキーの提案に、同じギャル系の一軍たちが手を叩《たた》いて囃《はや》し立てる。

本当は今すぐにでも席を立ちたかったが、それができるなら、私の学校生活は違《ちが》ったものになっていただろう。

無闇《むやみ》に逆らってはいけない。

これが、私が学んだ一番の解決策だ。

しばらくして、由貴がお子様ランチを手に戻《もど》ってきた。

「うわっ、美味《おい》しそう！」

両側の手下たちが、オーバーに誉《ほ》めそやす。

「さぁ、召《め》し上がれ」

そう促《うなが》されても、私の手は動かない。

「どうしたの？　まさか食べたくないなんて言わないよね？」

「それは…」

「いいわ、それじゃ食べさせてあげる」

ユッキーがにっこり笑いながら言った。

「はい、アーン！」

確かこの遊園地では
食べ物を販売《はんばい》していないはず。
では『お子様ランチ』は一体、
何でできているのだろうか？

STORY 018

電話ボックス

最近、すっかり見かけなくなったものが目に飛び込《こ》んできた。

でも逆に、こういった施設《しせつ》には必ず一つは設置しないといけないのかもしれない。

「つとむ、お前も来いって！」

手招きされ、気の置けない奴《やつ》らとそのボックスに入り込む。

「これ、どうやって掛《か》けんの？」

誰《だれ》かが言い、誰かが受話器を持ち上げ、別の誰かが適当に番号を押す。

大袈裟《おおげさ》な乗り物よりも、ひっそりと佇《たたず》んでいる電話ボックスのほうに興味を示すのは、
電波が届かないからかもしれない。

「でもさ、なんで圏外《けんがい》なわけ？」

「山のほうだからじゃないか？」

「バスで山道なんて登ってきたっけ？」

全員が答えを持っておらず、早くも電話ボックスに飽《あ》きてきた頃《ころ》、電話帳をめくっていた奴が一枚の紙切れを差し出した。

『未来の自分と話す方法』

一、受話器を持ち上げる。

二、生年月日を押す（**年は西暦で**）。

三、話したい未来の年数を押す（**十年後なら一と零《ゼロ》、二十年後なら二と零を**）

「なんだこれ？」

全員で顔を見合わせたが、全員が同じ顔をしていた。

取り敢《あ》えずやってみることになり、なぜか俺《おれ》が代表で受話器を持ち上げた。

「えーっと、二零…」

生年月日を押し、未来をどうするのか迷う。

十年後で二十五歳《さい》だ、俺は何をしているのだろう？　会社員で、もう結婚してたりして？

そんなあり得ないことを考えながら、二十年後を押してみた。

でたらめな数字の羅列《られつ》なので掛かるはずがないのに——。

「つ、繋がった！」

呼び出し音はすぐに途切《とぎ》れ、受話器の向こうで誰かが息を潜《ひそ》めている気配がする。本当に三十五歳《さい》の俺だとでもいうのか？

「も、もしもし？」

恐《おそ》る恐る話しかけてみたが、何も聞こえない。やっぱりただの悪戯《いたずら》かと思った時、なにかに苦しんでいるような痛みを伴《ともな》った「あああぁぁ」という不快な声が聞こえた。気味が悪くてすぐにでも切ってやりたいのに、受話器に耳が張り付いて取れない。

だってこの声は、俺だから。

息も絶え絶えにうめいているのは、紛《まぎ》れもない俺自身だった。

『ああああああああせああああああああああああああああびああああああああああああああああああああああああああああああああとあああああああああああああにああああああああああああなああああああああああるああああああああああ』

STORY 019

ジェットコースター2

コースターは順調にレーンを登り始める。

せびと遊園地には、急勾配《きゅうこうばい》が激しいものと回転数が多いもの、二つのタイプのジェットコースターがあった。それでも初めにゆっくりと天に向かって進むのは変わらない。

俺《おれ》は隣《となり》に乗る和也《かずや》に向かって、耳打ちをしてやる。

「もし途中《とちゅう》で止まったらどうする？」

「へ、変なこと言うなよ！」

「たまにニュースとかで見るだろ？　めっちゃ高いところで止まって、そのあと横の階段使って降りるやつ」

「勇作《ゆうさく》、それ以上変なこと言ったら絶交だからなっ！」

俺の倍はある体つきの和也がビビるのが、可笑《おか》しくてたまらない。

「もし止まったら、慰謝料《いしゃりょう》とか要求してやろうぜ！」

「もう二度とコースターには乗らない！」

落下する間際まで普通《ふつう》に掛《か》け合いで日常会話をするのは、これから始まる非日常の怖《こわ》さを紛《まぎ》らわせるためかもしれない。

何か言おうと口を開いたが、それはすぐ悲鳴となる。走ってしまえばもう、下らないことは頭から消え去っていく。次から次へと回転するコースターから振《ふ》り落とされないように、歯を食いしばってバーを掴《つか》んでいると突然《とつぜん》、首に衝撃《しょうげき》が襲《おそ》う。

「――へっ？」

まさかの出来事に、思考が追いつかない。

天地がひっくり返るほどの信じ難い現実は、にわかに受け入れ難いものがある。

こんなことがあっていいのか？

「お、お前があんなこと言うからだろ！」

普段《ふだん》はおとなしい和也が、顔を真っ赤にして怒《おこ》っている。

コースターが途中で止まったからだ。

「だ、だから乗りたくなかったのに！」

「も、文句ばっかり言うなよ！　慰謝料がっぽり貰《もら》おうぜ！」

「ど、どうせっ…どうせ年パスくらいしか貰えない！」

息も絶え絶えに苦しそうなのはきっと、体重が俺の倍あるから、バーが肩《かた》に食い込《こ》んでいるんだ。

「だ、大丈夫《だいじょうぶ》だって！　そのうち動くから！」

そう言う俺も、頭が痛くなってきた。

するとようやく、アナウンスが聞こえてくる。

『ただいまバーを解除しますので、脇《わき》の階段から降りて下さい』

そして静かに、バーが緩《ゆる》み始めた。

俺は絶叫《ぜっきょう》マシーンが大好きだ。
今まで一度でも怖いと思ったことはない。
でも『これ』は別だった。
どんなマシーンよりも恐《おそ》ろしい。
「ひぃいいいいい！」
情けない声を上げ、俺は懸命《けんめい》にバーにしがみつく。
すでに耐《た》えきれなくなって落下していった、親友を見下ろしながら。

STORY 020

ゾンビハウス

俺《おれ》はゾンビが大好きだった。

あの追い詰《つ》められる焦燥感《しょうそうかん》がたまらない！

なんとかオブ・ザ・デッドとつくものは欠かさず観ているし、仮装なんかは決まってゾンビメイク一択《いったく》だ。ゾンビの話ばかりしているので、周りからゾンビ映画の巨匠《きょしょう》でもある『ロメロ』というあだ名がつけられるくらいだ。

だからゾンビハウスなるものを見つけた時は、狂喜乱舞《きょうきらんぶ》して中に飛び込《こ》んだ。

係員からライフル銃《じゅう》のようなものを手渡《わた》され、襲《おそ》いくるゾンビから逃《に》げ惑《まど》うという説明を受ける。グループ六人で連れ立って、いざ洋館の奥《おく》へ。

いつどこから飛び出してくるか分からない緊張感《きんちょうかん》が、俺をゾンビワールドへと誘《さそ》う。

「あぁあああー」

のっそりと現れたゾンビは、ちゃんと両手を伸《の》ばして向かってくる。

そのあまりの精巧《せいこう》さに、俺たちは叫《さけ》び声を上げて一斉《いっせい》にライフルを放つ。

どういう仕掛《しか》けなのか分からないが、血飛沫《ちしぶき》を上げてその場に崩《くず》れ落ちるゾンビ。

「マジでやべぇ！」

これまでゲームの世界で撃《う》ちまくっていたが、手応えは比べものにならない。

「おぅえええ！」

真っ直ぐに手を上げて向かってくる様は、まさにゾンビのお手本。

それらを蹴散《けち》らしつつ、どんどんと進んでいく。

クリアしてしまうのが勿体無《もったいな》いくらいのクオリティーに大満足で、その世界観にどっぷり浸《つ》かっていた。

今度は一気に三体のゾンビに取り囲まれる。

「おりゃああ！」

景気良く撃ち続けていると突然《とつぜん》、カチャリと間抜《まぬ》けな音がする。

いくら撃っても手応えがなく、どうやら弾切《たまぎ》れしたようだ。

「嘘《うそ》だろ？」

途端《とたん》に心細くなった俺たちは、逃げ出すこともできずに互《たが》いの背中を合わせる。

あちこちから、どんどんゾンビが湧《わ》いてくるではないか。

わさわさとにじり寄ってくる化け物に、偽物《にせもの》だと分かっていてもその場にうずくまってしまう。

奴《やつ》らが目と鼻の先まで近づくと、腐《くさ》ったような匂《にお》いに吐《は》き気が込み上げる。

「ぅぁあああ」

大口を開けた隙間《すきま》から、血とも唾《つば》とも区別つかない粘《ねば》りが――。

しかし次の瞬間《しゅんかん》、ゾンビたちは興味を無くしたように離《はな》れていった。

怖《こわ》がらせるだけが目的なのだから、それも当たり前か。

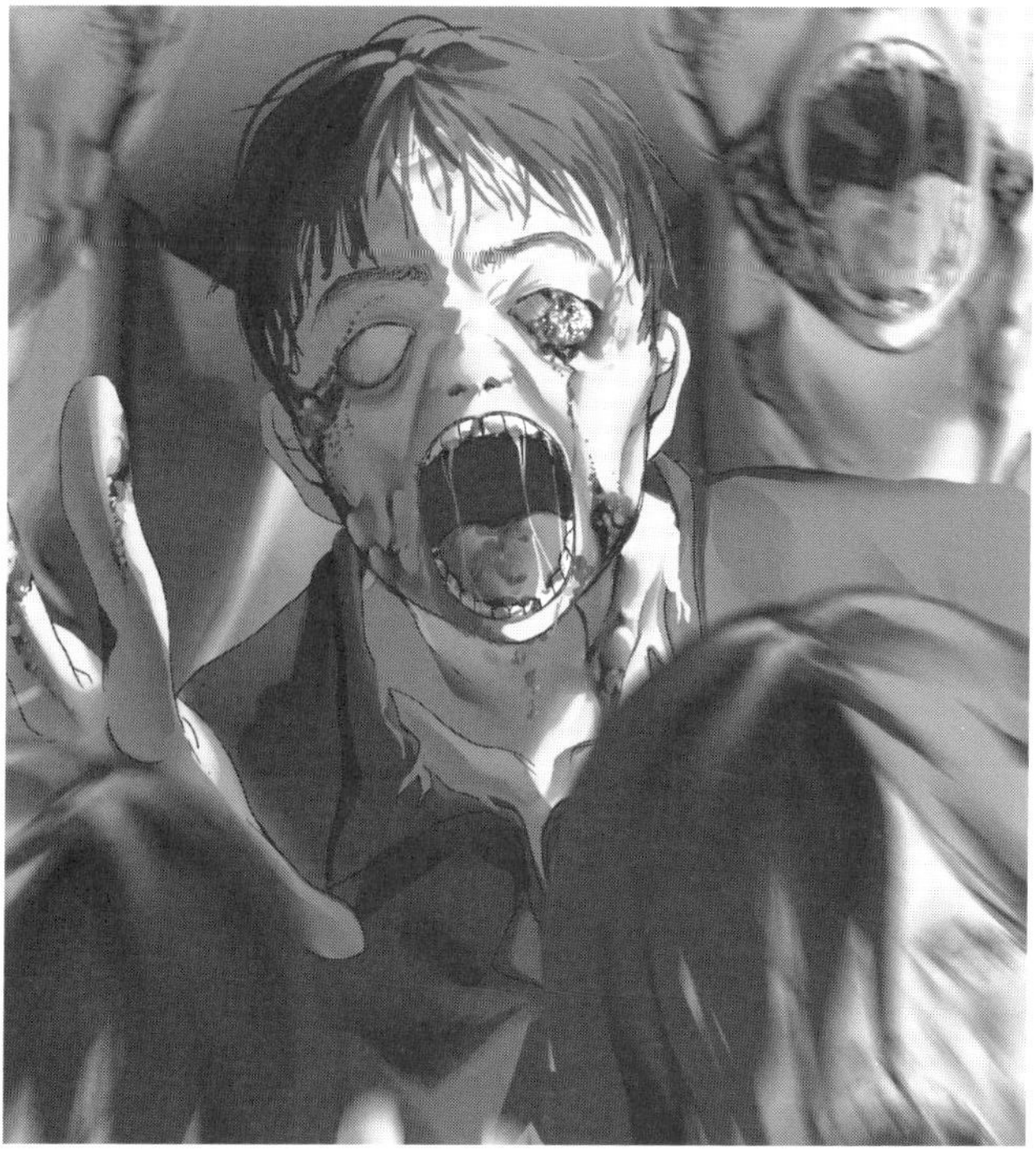

ここで、このロメロ様がゾンビについて解説しよう。
奴《やつ》らは人間の血肉を求めて彷徨《さまよ》っている。
大体は両手を上げてゆっくりゆらゆらが定番だけれど、
最近は走ったり武器を使ったりと反則紛《まが》いなのも多い。
あっ、あと『仲間』は喰《く》わない。
死んだ肉はまずいのか、
意外と仲間意識があるのがゾンビってやつさ。

STORY 021

ヒーローショー

特設会場は、たくさんの子供たちで賑《にぎ》わっていた。

熱気が凄《すご》く、今か今かと開演を待ち構えているのが分かる。

お知らせには、聞いたことがないヒーロー戦隊の名前が書かれており、どうやらこの遊園地オリジナルのようだ。

たまたま通りかかっただけだが、僕《ぼく》は興味を惹《ひ》かれて少し観ていくことにした。

開放的なステージの後ろに陣取《じんど》り、ショーが始まるのを待つ。

やがて司会のお姉さんが登場すると、子供たちにヒーローを呼び込《こ》むように煽《あお》る。

『セビトマーン！』

可愛らしい声が揃《そろ》うと、ステージの端《はし》っこから登場したのは、真っ黒な化け物だった。

えっ、あれがヒーローなの？　ヒーローといえば、もっとこう赤とか青とかのシュッとした感じのやつじゃ？

割れんばかりの歓声《かんせい》に出迎《でむか》えられた不気味な人形スライムのような物体は、触覚《しょっかく》のようなものを振《ふ》って、幼な子たちの期待に応えている。

そういえば、僕も小さい頃《ころ》に『せびと』というものに耳馴染《みみなじ》みがあった。

親戚《しんせき》なんかが集まったりすると、年寄り連中がよく口にしていなかったか？

『今年はせびとは下りてきてない』とか『悪いことをすると、せびとが来るよ！』とか。

昔のことを思い出していると一転、音楽が怪《あや》しくなって不穏《ふおん》な空気が漂《ただよ》う。

人が扮した怪人《かいじん》たちが現れ、セビトマンをぼこぼこにして追い込んでいく。

「みんな、セビトマンにパワーを！」

そんなアナウンスが聞こえると、子供たちがいきなり立ち上がる。そして両手を前に突《つ》き出して、おのおのが床《ゆか》に這《は》いつくばっているヒーローに声援《せいえん》を送った。

パワーを分け与《あた》えるというセオリーを、懸命《けんめい》に演じる幼き心。

いじらしさを覚えていると、黒いぐにゃぐにゃしたセビトマンが怪人を薙《な》ぎ倒《たお》していく。

『こうして、セビトマンは地球を救ったのだった』

大団円の拍手《はくしゅ》に包み込まれる中、テーマソングであろう明るいメロディが流れる。

主役だけじゃなく、怪人や司会のお姉さんまでもが手を振り、善悪入り乱れてのダンスが始まった。

あまりの熱にうなされ、見よう見まねで踊《おど》ってみたが、これがなかなか難しい。

低年齢《ていねんれい》に向けた振りなのかと疑うくらい複雑で、動きが早い。

少し踊ってみたが、僕はすぐに諦《あきら》めた。

しかし、ここに居る子供たちは一糸乱れぬ動きだ。

激しいリズムにも遅《おく》れることなく、完璧《かんぺき》に踊り切っている。

その様は、壮観《そうかん》だった。

この子たちも、演者ではないかと思うほどに。

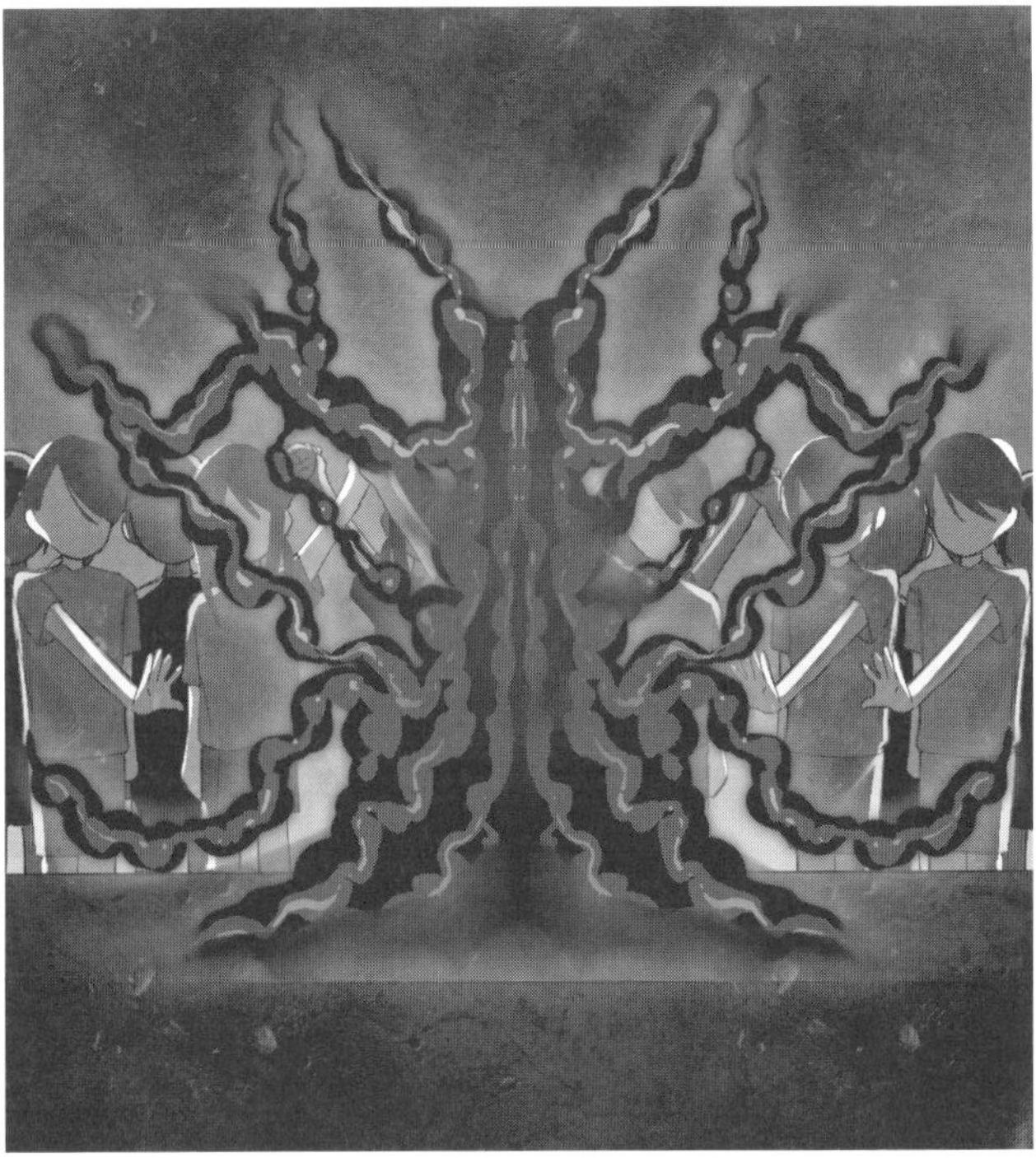

奇妙《きみょう》なセビトマンショーはこの遊園地だけの出し物。
園内ではスマホは作動しないし、
今この瞬間《しゅんかん》にしか開催《かいさい》されていない。
それなのに、子供たちは見事に踊ってのけている。
何回観たら、振りを完璧に覚えられるのだろうか？
十回？　百回？　それとも…千回？

STORY 022

非常階段

やっと見つけた。

やっと、見つけたんだ。

僕《ぼく》の『死に場所』を──。

そもそも遊園地なんて華《はな》やかな場所は、僕には不釣《ふつ》り合いで居るだけで落ち着かない。

場違《ばちが》いだと分かっていても、それを打ち明ける友達も居なければ、僕のことを認識している奴《やつ》も一人も居ない。ついこの間までは糞《ふん》にたかる蠅《はえ》のように集まってきていたのに…。

僕の人生は『いじめ』一色だった。

小柄《こがら》で勉強もできず、かといって何か一つに秀《ひい》でている才能もない。

気がつけばいつも、ターゲットにされている。

そしてそれを覆《くつがえ》すことができず、甘《あま》んじて受け入れるしかない人生。

いじめ抜《ぬ》かれて死んでいくだけの人生だと諦《あきら》めていた。

けれどそれが、あの『転校生』がやってきたことで見事にひっくり返ったんだ。

いじめられる側から――いじめる側へと。

「おい、お前もやれよ」

手渡《てわた》されたのは、泥水《どろみず》を吸った雑巾《ぞうきん》。

それを、転校してきたばかりの同級生にかけろという。

しかも、女の子だ。

やらなければ、やられる。

やれば、もうやられない。

つまり、バトンを渡すことと同じ。決して誰《だれ》にも託《たく》せなかった悪意を手放すことができるんだ。

僕は、彼女《かのじょ》の頭の上で雑巾を絞《しぼ》り込《こ》む。

ぎゅっと。

力を入れれば入れるほど、自分の心臓を鷲掴《わしづか》みにされている気がした。

僕は、いじめから放免《ほうめん》されたんだ。諦めていた人生を取り戻《もど》すことができる。もう、いじめられなくなったんだ！

それなのに――何ひとつ、前と変わらない。

いや、前よりひどい。

彼女をいじめるたび、自分の心が死んでいく。

これ以上はもう、耐《た》えられそうにない。

だから死のうと思う。

そのために人目につかない場所を探し、這《は》うようにして非常階段を登り始める。

再び飛び降りるために。

な、なんでだろう？
ここはそれなりに高さがあるのに、どうして死にきれないのか？
足はもう使い物にならなくて、
頭を打った衝撃《しょうげき》で右目もどこかに飛んでいった。
今はまた、手の力だけで潰《つぶ》れた下半身を引きずっている。
これで何度目だ？
今度こそ、ちゃんと死ねるかな？

STORY 023

メッセージボード

私はここに、両親と来たことがある。

記憶《きおく》だけではなく、それを証明する方法を思い出したんだ。

せびと遊園地には、百メートルにもわたるメッセージボードが設置されている。写真を貼《は》り付けたり、ここに来た証《あか》しを記して思い出を刻み込《こ》む。そしてその中に、私がここにやってきたという確かな証拠《しょうこ》が――。

「あった」

それは、一枚の写真だった。

あの時はカメラマンがボードの前に立っていて、写真を撮《と》ってもらうための行列ができていた。幼かった私は両親に挟《はさ》まれ、ピースサインをした姿がまさに今、目の前に貼り付けられている。これから起こることをまだ何も知らない笑顔に、胸が痛くなってしまう。

手を伸《の》ばして写真に触《ふ》れる。

確か、誕生日だったはず。

そのことをお母さんが、写真の裏面に書き記していた。だから確認をするために裏返すと…『六歳《さい》の誕生日』というメッセージが。しかし、六歳のところに二重線が引かれている。その横にも七歳に二重線、八歳に二重線。線が引かれていないのは『十五歳』だけ。

つまり、十五歳を迎《むか》えたということ？

私は六歳の時に来たっきり、それからここに足を踏《ふ》み入れていないのに…一体、誰《だれ》が？

首を傾《かし》げていると、後ろから肩《かた》を叩《たた》かれた。

ポラロイドカメラを持ったスタッフが、写真を撮る真似をしている。久美《くみ》たちと一緒《いっしょ》ならまだしも、一人で撮っても惨《みじ》めなだけだ。私は手を振《ふ》って断ったつもりだったのに、その瞬間《しゅんかん》をパシャリと撮られてしまう。悪気はないのかもしれないが、なんだか嫌《いや》な気分になった。でき上がった写真を差し出されても、どうせ変な顔をしているに決まってる。

ため息をついて見てみると、私の真後ろに黒いものが写っていた。

人の形をしているような、そうじゃないような…？　でも影《かげ》などではなく、はっきりと写っており反射的に振り返ると、黒いものが私を見下ろしていた。

「ひっ！」

ヘドロのような禍々《まがまが》しいものが、うねうねと蠢《うごめ》いている！　そしてこちらに向かって触《しょく》手《しゅ》を――。

「い、嫌っ！」

慌《あわ》てて逃《に》げ出すが『それ』はついてくる。

どれだけ急いでも全力で逃げても、振り返るとそこにいた。

そして私は思い出したんだ。

間違《まちが》いない。

あれは、せびとだ！

逃げても逃げても追いかけてくる。
つかず離《はな》れず、ついてくる。
じわじわと私が疲《つか》れるのを待っているかのようで、
せびとを追い払《はら》うことができない。
せびとに捕《つか》まれば最後、連れていかれてしまう！

STORY 024

ベンチ

お婆《ばあ》ちゃんと暮らすことになり、私は転校をした。

新しい学校では、お化けでも見るような目でクラスメイトたちが私のことを敬遠する。

自分たちと違《ちが》うものとは仲良くできないと、誰《だれ》も遊んでくれない。

何も知らないお婆ちゃんは「友達ができたか？」といつも訊《き》いてくる。ただでさえ心配をかけているので、私は嘘《うそ》をついた。でもそうなると、いつも真っ直ぐ家に帰るのは不自然だ。さも沢山《たくさん》の友達に囲まれている風を装うため、帰り道は公園に寄ることにしていた。

ブランコや滑《すべ》り台で遊んでいる子たちを、ただぼんやりと眺《なが》めるだけ。

夕暮れが近くなると一人、また一人と公園から子供たちが消えていく。最後の一人になってから家に帰ることにしていたが、ある時から女の子とその最後を競うようになった。

その子は気づけば公園に来ていて、誰と遊ぶでもなく一人だ。よくベンチに座って足をぶらぶらさせている。同じ学校かもしれない。そして私と同じ、友達が居ないよう。

何日も経ってからようやく、勇気を出して声を掛《か》けてみた。

「私はマミっていうの」

マミちゃんはやっぱり、私と同じ学校に通っているという。

それから私たちは、公園で会うと話をするようになった。マミちゃんも親が居ないらしく、なにより私と普通《ふつう》に接してくれたんだ。引《ひ》っ越《こ》してから初めてできた友達が嬉《うれ》しくって、学校でも話がしたかった。そしたら寂《さび》しくないから。

「今日ね、二組の教室に行ったんだ。でもマミちゃんなんて人は居ないって言われたの」

そう言うと、マミちゃんは首を傾《かし》げたまま黙《だま》っている。

「マミちゃん？　マミちゃんは二組だよね？」

顔を覗《のぞ》き込《こ》んで尋《たず》ねると、マミちゃんがこちらを向いた。その目は、真っ黒だった。

「うちの孫に近づくな！」

突然《とつぜん》、お婆ちゃんが怒鳴《どな》り声を上げてマミちゃんに何かをぶちまける。砂？　いや、塩だ。

「この子はお前とは関係ない！　さっさと消え失せろっ！」

鬼《おに》の形相で捲《まく》し立てるお婆ちゃんに、なんてひどいことをするのかと涙《なみだ》が出てきた。せっかく、私にできた初めての友達なのに――けれどマミちゃんはすでに形をなくし、黒くてぶよぶよしたものに変わっていた。

「これは、せびとだ」

「せびと？」

「人の心に付け入る、悪いやつさ。せびとに目をつけられたら向こうに連れていかれてしまう。最近はこっちに下りてきてなかったんだが、まさかお前に憑《つ》いているとは」

マミちゃんだったものが、どんどん形をなくして崩《くず》れていく。

そして消えていった。うめき声を上げながら。

私にはそれが、悲しくて泣いているように聞こえたんだ。

「お婆ちゃん、せびとってどういう意味？」

「せびとは『世捨て人』のことだよ」

「よすてびと？」

「世間を見捨てた人。でも未練を残して留まると、
姿形を変えて人間ではなくなってしまう」

「じゃ、マミちゃんも？」

「あの世のものでもこの世のものでもない、悲しい生き物さ」

STORY 025

ゴーカート

せびと杯《はい》を制したのは、片平智己《かたひらともき》選手です！

チェッカーフラッグが俺《おれ》のデビュー戦を祝うかのように揺《ゆ》れ、表彰台《ひょうしょうだい》の一番上でシャンパンを浴びる勇姿を想像しながら、第三コーナーを鋭《するど》く攻めた。

ここが勝負の分かれ目だと思ったからだ。

幼い頃《ころ》からF1レーサーに憧《あこが》れている俺にとっては、遊園地のゴーカートなんて子供騙《だま》しみたいなもの。その証拠《しょうこ》に、クラスメイトたちを軽々と引き離《はな》す。中にはクラッシュしているカートもあり、見事なハンドルさばきでそれらを避《さ》けて進んでいく。

コース自体は難しくないが、このせびと遊園地のゴーカートには柵《さく》がない。それなりのスピードで競い合うにもかかわらず、敷地《しきち》の真ん中に設置されていた。つまり、観客が普《ふ》通《つう》に横切ったりする。

まぁ、それもまた味があっていい。

目の前を駆《か》けていく子供を、華麗《かれい》なテクニックで避けて最後のカーブに差し掛《か》かった。

「智己、大人気ないぞ！」

周回遅《おく》れの友人たちの野次を浴びつつ、内側をギリギリまで攻め――。

「ええっ！」

素《す》っ頓狂《とんきょう》な声を上げたのは、いきなりクラスメイトが飛び出してきたからだ。

坂道を転げ落ちるようにして、あおいが目の前に…こちらを向いた顔はひどく青ざめ、助けを求めているように見えた。

「くっ…」

しかし、助けて欲しいのはこっちのほうだ。

慌《あわ》ててハンドルを切ったが、どうやってもあおいと衝突《しょうとつ》してしまう！

もしここで怪我《けが》でもさせようものなら、レーサーの夢ごと、木《こ》っ端微塵《ぱみじん》に砕《くだ》けてしまうんじゃ？

片方の車輪が浮《う》いて体が斜《なな》めになった時、あおいの後ろからなにか黒いものが追いかけてきているのが見えた。

あれは、なんだ？

今にもあおいを喰《く》らい尽《つ》くさんと覆《おお》い被《かぶ》さる、得体の知れないもの。ぶつかる瞬間《しゅんかん》に恐《おそ》ろしくて目を閉じると、大きく弾《はじ》かれてしまった。

「おい、大丈夫《だいじょうぶ》か!?」

大した怪我もなかった俺は、慌ててあおいの元に駆け寄る。

まとわりついていた黒いものが、粒子《りゅうし》となって上昇《じょうしょう》していく。

「……うう……………めっ……」

黒いもののうめき声が不気味に響《ひび》くが、どうやらあおいは無事のようだ。

助け起こすとよほど怖《こわ》かったのか、あおいは咽《むせ》び泣いていた。

「大丈夫か？」
確かにぶつかった感触《かんしょく》があったが、
あの黒いものがクッションの役割を果たしたのか？
あおいは涙《なみだ》を流して、
黒いものが消えてしまった辺りを見つめている。
なぜか「…お母さん」と何度も繰《く》り返して。

STORY 026

プール

「あおいさん、ちょっといい？」

声を掛《か》けてきたのは、クラスの中でも目立たないグループだ。

けれど、私はよく知っていた。彼《かれ》らこそ、油断がならないと。

自分の代わりに仲間すら生贄《いけにえ》に差し出すのは『られる側』の痛みを知っているから……。

「なに？」

「ちょっと来てって！」

半ば挟《はさ》み込《こ》まれるようにして連れていかれたのは、時期外れのプールだった。太陽の光で水面がきらきらと光っている。

そこに待ち受けていたのは、日頃《ひごろ》は顔を伏《ふ》せて学生生活を送る日陰《ひかげ》の奴《やつ》ら。

けれど彼らは私の前では強くなる、それはもう無双《むそう》とでもいうように。

「私、行かないとっ」

その場から立ち去ろうとしたが、無双の壁《かべ》が立ちはだかり、肩《かた》を強く押《お》されてひっくり返る。

背中からプールに落ちた私は、不用意に水を吸い込んでしまい慌《あわ》てて水面に顔を出す。

「まだ早いって！」

いくつものモップが、私を水中へと押《お》し沈《しず》める。

最初は私もこの目立たないグループに属していた。かつて親しくしていたクラスメイトが、今は私を痛めつける。我が身を助けるため苦渋《くじゅう》の思いで手を下していたのが、今や喜々としており——その顔は同じ仮面をしているようだ。

こんな理不尽《りふじん》なことをされるなら、もうこのままでいい。

いじめは止まらない。助けてくれる友人も居ない。どうせ私は一人だ。この遊園地で唯《ゆい》一《いっ》、孤独《こどく》だった。顔を出せばまた沈められる。それならもう、終わらせたい。

しばらく水中で息を潜《ひそ》めていると一人、また一人、モップを放り出して逃《に》げていく。私が死ねば、少しくらい自責の念に苦しめられるだろうか？　いや、またすぐに新しいターゲットを見つけるだろう。それなら命を捨てるなんて馬鹿らしい。

やっと人気がなくなったので水面に顔を出そうとしたが、誰《だれ》かが私の腰《こし》に手を回してしがみつく。

「や、やめっ……！」

抵抗《ていこう》する声は水の中に消え、どれだけもがいても力強く引っ張られていく。まだクラスメイトが残っていたのか？　それほどまでに私のことが憎《にく》いのか？

肺が水を吸い込んで焼きつき、次第に意識がなくなってきた――。

ハッと目を覚ますと、溺死体《できしたい》のようにうつ伏《ぶ》せの体勢で浮《う》いており、喘ぎながらプールから体を引きずり上げる。

空が、茜色《あかねいろ》に染まっていた。

太陽の光で輝《かがや》いていたプールに沈められたのに、
目が覚めると夕陽に入れ替《か》わっていた。
私は一体、どれくらいの時間、沈んでいたのか？
そしてどうして無事なのか、自分でも分からなかった。

STORY
027

お化け屋敷《やしき》

ここは渚《なぎさ》にいいところを見せないといけない。

まだ付き合うか付き合わないかの微妙《びみょう》な間柄《あいだがら》であり、この遊園地で告白すると決めていた。そこで、どういうシチュエーションなら成功しやすいか考えたところ、お化け屋敷で頼《たの》もしい姿をアピールした後なら成功率が高いのではないかという考えに至った。

「なんか出てきそう。正行《まさゆき》は怖《こわ》くないの？」

「俺《おれ》は全然、余裕《よゆう》だから」

本当のことを言うと、こういうあからさまなやつは苦手だ。出てくるのが分かっていて、なんでわざわざ怖がりに行くのかが理解できない。

薄《うす》暗がりの中を、渚の手を引いて進んでいく。

井戸から幽霊《ゆうれい》が飛び出してきた時も、障子《しょうじ》が開いて手が出てきた時も、叫《さけ》びたいのをグッと堪《こら》えることができた。俺の一世一代の告白を後押《あとお》ししてくれた、ダチの和也《かずや》と勇作《ゆうさく》のためにも、ここは漢気を見せないといけない。幽霊とはいったって、人形や仕掛《しか》けばかりだし、たまに人間がお化けに扮していてもやる気がなさそうなのばかりで助かる。

もうそろそろ出口だろうか？

願わくは、もう少しだけ渚が怖がってくれると言うことないんだが……カッコよく抱《だ》きしめて『好きだ』といえば、うまくいくはず。

矢印が指し示す順路を進んでいると一転、視界が広くなった。見た感じは教室くらいの広さで、遮《さえぎ》るものは何もない。ただ、なにかが潜《ひそ》んでいるような不気味さが漂《ただよ》っている。

出口は見えているので、そこまでゆっくりと進んでいく。

すると、なにかを引きずるような音が聞こえてきた。

ずるずる、ずるずる。

不快で不穏《ふおん》で、思わず耳を塞《ふさ》がずにはいられないものが近づいてくるにつれ、絞《しぼ》り出すうめき声まで鮮明《せんめい》になっていく。

「……ううっ……ま、さ……」

足元に這《は》い出てきたお化けは、俺と同じ学生服を着ていた。

足が折れて変なほうに曲がり、腕《うで》の力だけで進んでいる。あまりの生々しさに、膝《ひざ》が震《ふる》えてくる。その向こうからもう一体、頭が激しくかち割れたお化けが続く。作り物だと分かっていても、血に染まった顔や飛び出た臓器がリアルだ。

「……まぁあ、さぁあああ」

頭が潰《つぶ》れたほうが叫び声を上げると、渚が手に力を込《こ》める。

「だ、大丈夫《だいじょうぶ》だ！　俺がついてる！」

半ば逃《に》げるように、その場から駆《か》け出した。

「……ゆぅきぃいいいいい」

お化けたちの断末魔《だんまつま》を背に受けながら。

そのあと俺は、予定通り渚に告白した。
お化け屋敷大作戦が功を奏し、大成功を収めたんだ。
早くこのことを、和也と勇作に報告したい。
あいつら、まだジェットコースターに乗ってるのか？
そういえばさっき、あのお化けたちは
俺の名前を呼んだような気がしたが、勘違《かんちが》いか？

STORY 028

トイレ

「なんでジャージなんだよ？」

田辺《たなべ》はそう言いながら、障害者用のトイレに私を押《お》し込《こ》んだ。

抵抗《ていこう》する気力がなかったのは、私が疲《つか》れ切っていたせいもある。逆らえば、行為《こうい》を撮影《さつえい》した動画を拡散されてしまう。優しく声を掛《か》けてくれたことに絆《ほだ》され、初めは同意の上だった。

「うわっ、髪《かみ》の毛も濡《ぬ》れてんじゃん」

汚《きたな》いものに触《ふ》れたように顔を歪《ゆが》めると、制服のズボンのベルトを外す。

愛撫《あいぶ》などというものは存在しない。だって田辺にとって、私はただの簡易トイレ。学校でも、ありとあらゆる場所に呼び出されて、私を介《かい》して排泄《はいせつ》をする。

「青葉《あおば》っ」

クラスメイトは皆《み》んな私のことを名前で呼ぶのに、田辺だけはなぜか苗字《みょうじ》で呼ぶ。名前によく似た苗字を連呼するんだ。私は壁《かべ》に手をついて、作業が終わるのをただひたすらに待つ。しかし今日は、いつにも増して荒々《あらあら》しい。

「青葉、もっと声を上げろよ！」

なにか怒《いか》りでもぶつけているよう。

「どうせ…どうせ俺《おれ》たちはここから出られないんだっ」

そういえば、そんな奇妙《きみょう》なことを誰《だれ》かが言ってたような？

「なんで『あいつ』だけ！」

田辺の嘆《なげ》きを背に、他のことに気を逸《そ》らすために壁のシミを辿《たど》っていると…落書きが目に入ってきた。

『もっと生きたかった』

なにやら不穏《ふおん》な文字は細かく、びっちりと書かれている。

『私の人生は私のもの、他の誰のものでもない。他人に生殺与奪《せいさつよだつ》の権を握《にぎ》らせるな。握れ。渡《わた》すな。幸せになるのに、困難は必要じゃない。なりたい自分になれ。私の分まで』

「童貞《どうてい》のやつらの相手もしてやれよ。どうせ出られないんだからさ」

ズボンを上げた田辺が幾分《いくぶん》すっきりした顔で笑い、中からロックを解除する。

――なりたい自分になれ。

再び落書きに目をやった私は、立てかけてあったモップを手に取り、出ていく田辺の後頭部に向かって力任せに振《ふ》り下ろす。

「ここから出られないって、どういうこと？」

血が噴《ふ》き出している田辺に尋《たず》ねるが、焦点《しょうてん》が合っていない。

「ちゃんと話したら助けてあげる」

そう言って微笑《ほほえ》みかけたが、心の中ではほくそ笑んでいた。

同じ目に遭《あ》わせてやると。

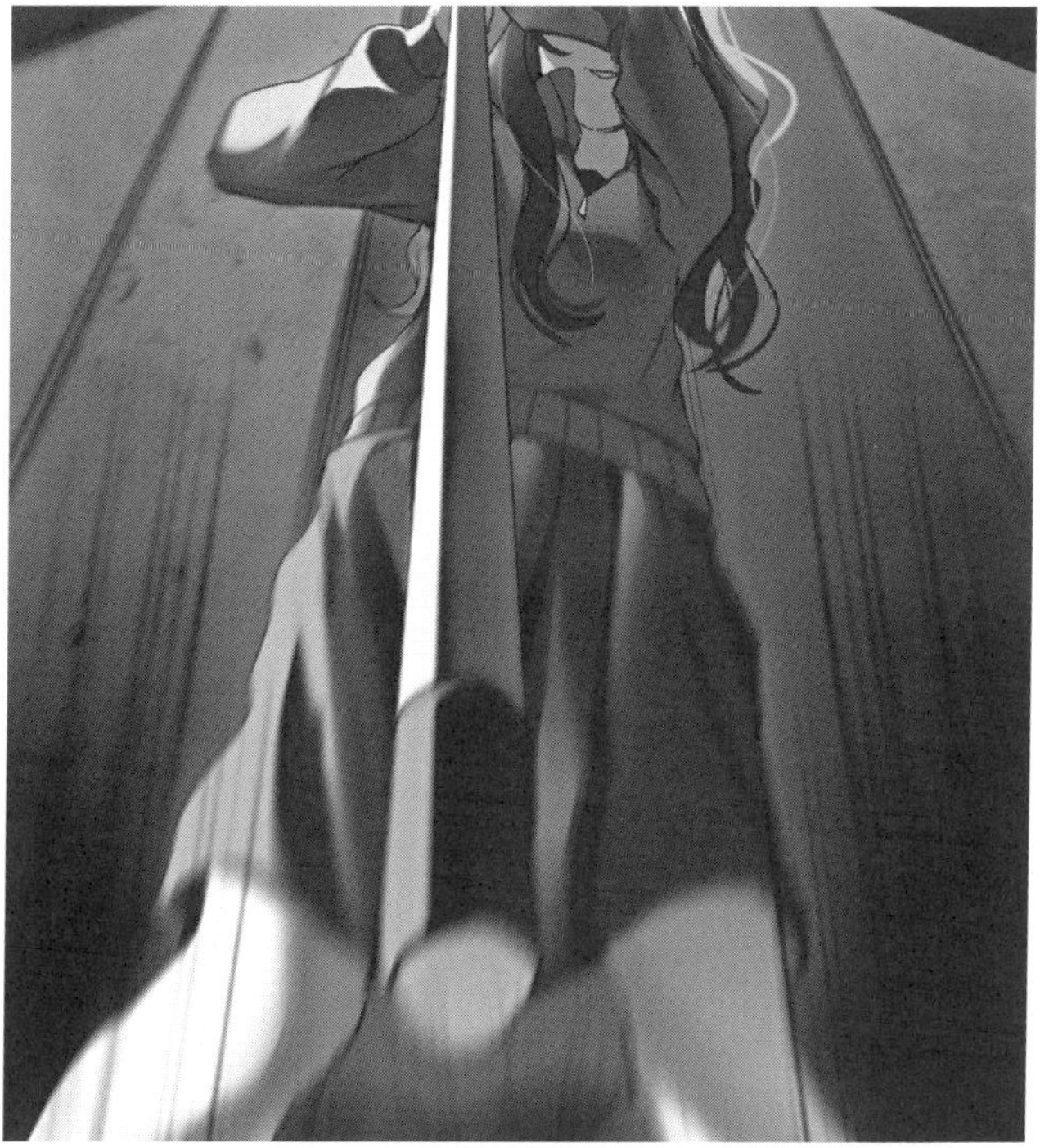

田辺の口から聞かされた事実は、信じ難いものだった。
でも、それよりも大事なことがある。
私は倒《たお》れている田辺のズボンを脱《ぬ》がせると、
うつ伏《ぶ》せにしてパンツを引《ひ》っ剥《ぱ》がす。
「や、やめろっ」
わずかに身を捩《よじ》ったが、頭部へのダメージが動きを奪《うば》っていた。
おもむろにモップを掴《つか》むと、柄《え》の部分をお尻《しり》に当てがい——。

STORY 029

ピエロ

私は独りで泣いていた。

あれは、お母さんだ。

せびとになったお母さんが、私を守ってくれたに違《ちが》いない。あの時、突《つ》っ込《こ》んでくるゴーカートから、私を抱《だ》きしめて庇《かば》ってくれた。あの温かな温もりは、お母さんのもの。そしてその後すぐ、粒子《りゅうし》が溶《と》けるように消えてしまった…。

大切なものを再び失ってしまった悲しみに、打ちひしがれる。

それを打ち明ける友も、もういない。

久美《くみ》に杏奈《あんな》に明子《あきこ》、かつての仲間たちに除《の》け者にされるくらいなら、このまま一人でいたほうが…。

「あおいっ！」

名前を呼ばれて、ビクッと振《ふ》り返る。

また私を虐《しいた》げるつもりなのか？

体を固くして身構えていると、駆《か》けてくる杏奈が私に飛びついてきた。仲良し四人組の中でも、杏奈は最もフレンドリーだ。

「捜したんだよ？」

「えっ、でも…」

「なんかいきなり久美が、あおいのこと無視しようって言い出して。私は反対したんだけど、喧嘩《けんか》でもした？」

「何も分からないの。急で…」

「ひどいよね？　でも、私はあおいの味方だから」

「杏奈っ」

「なに泣いてんのよ？　私たち親友じゃないの」

「うん、ありがとう」

友の思わぬ気持ちに、冷え切っていた体と心が温かくなる。

その時、私たちのハグを祝うようにピエロが寄ってきた。手にたくさんの風船を持っており、私たちはそれぞれ紐《ひも》を受け取って微笑《ほほえ》み合う。

「飛ばさない？」

杏奈の提案に頷《うなず》き、紐を一つにして「せーの！」と言いながら手を離《はな》す。

風船が身を寄せ合うようにして飛んでいく。側でピエロが空に向かって手を振っている。

「あれは、私とあおいね」

「えっ？」

「あおい、ずっと一緒《いっしょ》だよ」

再び抱きしめ合った私は、気づいていなかった。

杏奈が、ピエロと同じ笑みを浮《う》かべていることに。

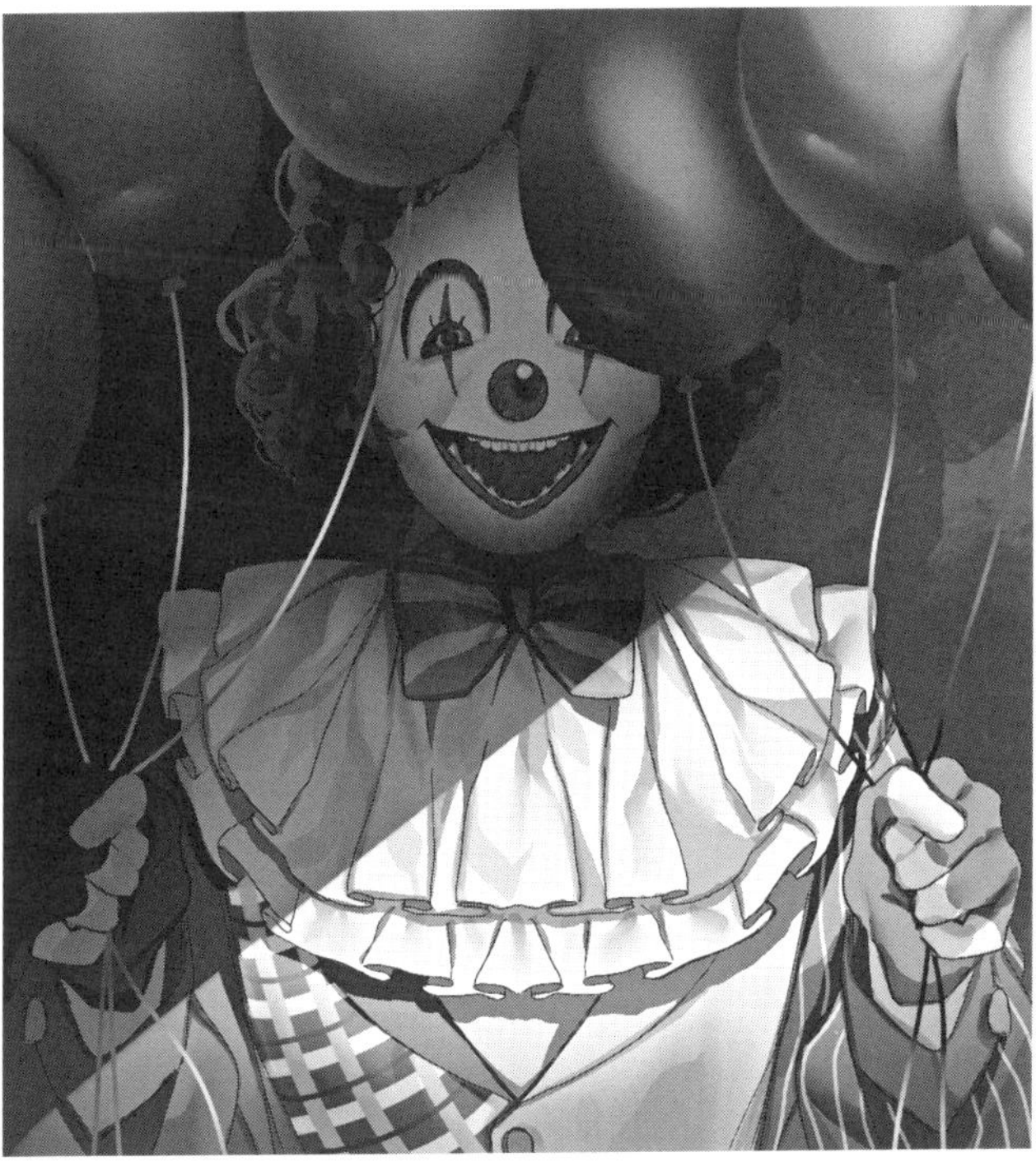

一見、ピエロは陽気な笑顔を浮かべている。
しかしよく見ると…その歪《いびつ》な唇《くちびる》は、
異様に吊り上がっていないか？
なにかを企《たくら》んでいるように。

STORY 030

射的

引き金を引くと、射撃《しゃげき》の反動で手足の先まで痺《しび》れが走る。

射的の的である木製のコケシが弾《はじ》け飛んだ。

「久美《くみ》、また当たった？」と、隣《となり》で明子《あきこ》が苦戦をしている。

明子は昔から勉強以外が苦手だから仕方がない。

私は小さい頃《ころ》から文武両道で、なんでもそつなく熟《こな》す。それが悪目立ちをして、いじめの標的になったことがあった。どれだけ辛《つら》いものかが分かっているからこそ、ガリ勉とからかわれていた明子と親しくなり、同じく空気が読めない杏奈《あんな》を仲間に引き入れ、そして…転校してきたあおいに話しかけた。四人でうまくバランスを取り、このまま仲良く大人になると思っていたのに――。

「あっ、あおい？」

明子の声に振《ふ》り返ると、グループから弾き出したはずのあおいが居た。そしてその後ろには…。

「杏奈…」

思わず舌打ちしてしまう。

いつもは無条件に明るいムードメーカーが、悪戯《いたずら》を見つかった子供のように首をすくめ、あおいを連れて引き返そうとする。

「あんた、どういうつもり?」

二人の前に立ちはだかる。

「杏奈は悪くない。それよりどうして私のことを仲間外れにしたの?」

間に居るあおいは無視し、杏奈を睨《にら》みつけた。

「どういうつもりかって聞いてるの」

「だって、あおいが可哀想だから…」

「この裏切り者！」

杏奈の胸を突《つ》き飛ばして銃《じゅう》を構え、杏奈に狙《ねら》いを定める。

「裏切り者は殺さないとね」

「久美、やめて！」

「明子は黙《だま》ってて！　だって、こうするしかないでしょ？」

止めようした明子が、ハッと息を呑んだ。

「ねぇ、久美…どうしちゃったの？」

見る見るうちに涙《なみだ》をためるあおいの、親友の顔を視界に入れないよう必死だった。

「杏奈はね、約束を破ったの」

「約束？」

「大事な大事な約束。だから、これでお仕置きをしないと」

それだけ言うと、私は躊躇《ためら》うことなく引き金を引いた。

木製のコケシが弾け飛ぶくらいの
威力《いりょく》があるということは、
殺傷能力が充分《じゅうぶん》にあるということ。
久美は、本当に杏奈のことを殺そうとした。
そうまでさせる約束とはなんだろう？

STORY 031

花火

杏奈《あんな》が撃《う》たれた。

それも、親友だと思っていた久美《くみ》に。

「ど、どうしてこんなこと…？」

「だから言ったでしょ？　約束を破ったって。それに前から嫌《きら》いだったのよ」

「嘘《うそ》っ」

久美は誰《だれ》よりも面倒見《めんどうみ》が良かった。

転校してきて、なかなかクラスに馴染《なじ》めなかった私に声を掛《か》けてくれて、グループにも入れてくれた恩人。あれから数年が経っても、あの友情は変わらないと思っていたのに、この遊園地に来てから人が変わってしまった。

「私、あおいのこともずっと嫌いだったのよ」

どんないじめよりも、久美の告白は私をぎたぎたに引き裂《さ》く。

「いつも私任せで、心から面倒臭いと思ってたのよね」

「いやっ」

「周りに迷惑《めいわく》を掛けてるって自覚ある？」

容赦《ようしゃ》ない言葉の棘《とげ》が、私の心をめった刺《ざ》しにする。

「みんな思ってたことなの。ねぇ、明子《あきこ》もそう思ってたでしょ？　あおいのことをお荷物だって」

久美が振《ふ》り返った先には、明子が呆然《ぼうぜん》と立っている。

いつもテストに出るだろう問題を教えてくれた、私の友達。

「うん、厄介者《やっかいもの》だって思ってた」

「ほら、やっぱりみんなから嫌われてるのよ」

「で、でもだからって杏奈のことまで…」

「あんたの味方をする奴《やつ》は、ああなるってこと」

うつ伏《ぶ》せに突《つ》っ伏《ぷ》してぴくりともしない杏奈は、私のせいで殺されたのか？

「分かったら早くここから出ていきなさい」

「でもっ」

「どうやら、あんたもああなりたいのね？」

そう言うと、久美が私に狙《ねら》いをつける。

「私も寝覚《ねざ》めが悪いのは嫌《いや》だから、今すぐ遊園地から出ていくなら見逃《みのが》してあげる」

「久美…」

かつての親友は、憎《にく》しみのこもった目で引き金に手をかけた。

しばらく見つめ合ったあと、視線を外して背を向ける——。

その時、花火が上がった。色とりどりの花火が、場違《ばちが》いに打ち上げられていく。

それを私たち四人は、ぼんやりと見上げる。花火は、とても綺麗《きれい》だった。

薄《うっす》らと翳《かげ》る空に向かって舞《ま》い上がる、打ち上げ花火。
私は素直に綺麗だと思い、
久美の顔からもこの時ばかりは棘《とげ》が消えていた。
明子の眼鏡にも反射している。
私たち『四人』は花火を見上げてこの景色を胸に刻み込《こ》む。
もちろん、久美に撃たれてうつ伏せに倒《たお》れていた
杏奈も一緒《いっしょ》に——。

STORY 032

パレード

花火が終わると、パレードが始まるという。

遠くから明るい喧騒《けんそう》が近づいてくるが、私たちは恐《おそ》ろしいほどの静寂《せいじゃく》に包まれていた。

打ち上がった轟音《ごうおん》と火花が、忘れていた記憶《きおく》を呼び起こしたんだ。

私は六歳《さい》の頃《ころ》に車の事故に遭《あ》って、大怪我《おおけが》をした。両親を亡くし、恐らくその時にここに迷い込《こ》んだ記憶がある。

そして九年後、また大きな事故に巻き込まれてここにやってきた。『あおいっ！』という声が時折聞こえたのは、久美《くみ》たちが叫《さけ》んでいたから。炎《ほのお》が舞《ま》い踊《おど》り、あまりの痛みに体が四方に引き裂《さ》かれていく――。

「杏奈《あんな》？」

撃《う》たれたはずの友が、ゆっくりと私を振《ふ》り返る。

「す、すぐに出ていって！　殺されたくなかったらね！」

「久美…」

「私、あおいのこと大嫌《だいきら》いなのよ！　前から嫌いだったの！　ずっと、ずっと嫌いでっ」

「じゃ…どうして泣いてるの？」

そう言うと、初めて気づいたという風にハッとして涙《なみだ》を拭《ぬぐ》う。

私は、なにもかもを思い出していた。


「――私、もう死んでるんだよね？」


そう、三年二組を乗せたバスが転落したんだ。目を閉じれば、クラスメイトが負傷している地獄《じごく》絵図が容易に浮《う》かび上がってくる。

「…思い出したんだ？」

「うん」

このことと、久美たちの異変は関係している。私のことを『嫌い』だと言って急に仲間外れにしたのには、なにか理由があるんだ。

あれが久美たちの本心じゃないと分かり、ホッと胸を撫《な》で下ろす。ここにお母さんがいたこと、せびとという言葉の意味など、友には話したいことが沢山《たくさん》ある。肩《かた》から力を抜《ぬ》いた様子の久美に、どれから切り出そうかと口を開く――。

「あおいー！」

イルミネーションで飾《かざ》り立てた大きな神輿《みこし》が近づいてくると、周りをクラスメイトたちが囲んでいるのが分かった。しかしよく見ると、パレードとは似つかわしくない暗さをまとっている。取っ組み合ったり罵《ののし》り合ったり、泣いて叫んでいるのはどうしてか？

「あおいはね、まだ助かる可能性があるの」

そう言って、久美が微笑《ほほえ》んだ。

ねぇ、どうして久美はそんなに悲しそうなの？
私に助かる見込みがあるなら、
もっと喜んでくれてもいいでしょ？
一緒《いっしょ》に助かって、ずっと友達でいようよ？
それなのにどうして、そんなにも寂《さび》しそうなの？

STORY 033

コーヒーカップ

生徒とは分け隔《へだ》てなく接しなければならない。ましてや女生徒と二人きりになるのは、なにかと問題である。そんなことは言われなくても、嫌《いや》というほど分かっているが…。

「先生、話って？」

制服姿のミカは、驚《おどろ》くくらいに幼い。

俺《おれ》は決して小児性愛者ではないが、抗《あらが》い難いものが確かにこの十五歳《さい》の小峰《こみね》ミカにはあった。けれど、ちゃんと話をしなくてはならない。これからの『三人』について――。

「あっ、あれ乗りたい！」

そう言って駆《か》けていく先には、いくつものコーヒーカップが見える。とてもそんな気分ではないが、機嫌《きげん》を損ねて話が拗《こじ》れるのはまずい。俺の教員生命を握《にぎ》っているのは、俺の子を宿したミカなのだから…。

手招きされてカップに入ると、ゆっくりと動き出す。

「意外と面白い！」

馬鹿みたいにクルクルと回すミカは、無邪気《むじゃき》に喜んでいる。

「なぁ、子供のことだが…」

産んでもらっては困るので、選択肢《せんたくし》は一つ。あとはそれを了承《りょうしょう》させ、秘密裏に事を進めるだけ。それなのに、ミカは立ち上がって聞いてもいない。俺がこんなにも苦しんでいるというのに…。

いっそのこと、無かったことにならないか？

ちょうどコーヒーカップに乗っているのは俺たちだけ。足が躓《つまず》いてお腹を強打でもすれば、自然と流れてしまうのでは――？

「そんなことしてもムダ」

手を伸《の》ばした俺を、ミカが振《ふ》り返る。

「先生、まだ気づいてないの?」

「な、なにをだ?」

そう問い返す俺に向かって、ミカが信じ難いことを口にする。

「私たち、もう死んでるんだよ?」

「…死んでる?」

「ここの噂《うわさ》は本当だった。この遊園地は入ったらもう出られない」

「な、なにを言ってる?」

「だって私も先生も、もう死んでるんだから。でも、このまま素直に死んだほうが良いかもよ?」

「どういう意味だ?」

「だって、助かっても地獄《じごく》が待ってるから。死ぬより恐《おそ》ろしい地獄がね」

そう言って、ミカが妖《あや》しく微笑《ほほえ》んだ。

ミカが言う地獄とは？
このまま死ぬより辛《つら》いことが、
生きていると待っている。
子供を産むこと？　それとも、
すでに奥《おく》さんに暴露《ばくろ》しているとか？

STORY 034

パレード2

「あおいはね、まだ助かる可能性があるの」

「えっ？」

「助かるためには、この遊園地を出ていかないといけない。だからみんなで意地悪をしたの。杏奈《あんな》は多分、あおいだけが助かることが悔《くや》しくって、引き止めて道連れにしようとしたんだと思う。嫌《きら》いだなんて言ってごめん。でもそうでも言わないと追い出せないから」

久美《くみ》の声がかき消されるくらい軽やかなメロディで、パレードが遠ざかっていく。

ぽつんと置き去りにされたようなクラスメイトたちは知っているんだ、もう自分たちは助からないことを…。

だから一様にバランスを崩《くず》しているんだ。

しくしくと啜《すす》り泣いて抱《だ》き合う女子や、何かに怒《いか》りをぶつけている男子、中には取っ組み合いをしている生徒も。ただ呆然《ぼうぜん》と立ち尽《つ》くす生徒もいれば、久美たちのように信じ難い事実を受け入れている生徒もいた。青葉《あおば》にいたっては、壊れたように高笑いをしている。

「そうか、叔父《おじ》さんもここに来たことがあるんだ」

いつも叔父さんとのエピソードを話してくれる信一《しんいち》が、訳知り顔で頷《うなず》く。

「私が死ぬとか信じられないんだけど？　なんで？　助かるのは私のはずでしょ」

クラスの女王様であるユッキーはそう言って私を睨《にら》む。

「もしかして、あのゾンビって本物だった？」

ゾンビを語らせたら止まらないロメロは、なぜか顔を輝《かがや》かせる。

クラスの反応は大体がふた通りで、カースト上位の人気のある生徒たちは嘆《なげ》き悲しみ、目立たない下位グループは自分たちを蔑《さげす》んでいた『上』の無様な姿を見て、笑っているように見えた。

そして誰《だれ》かが言う。

「やっぱりここは、入ったら出られない噂《うわさ》の遊園地だったんだ」

その言葉が、誰もの肩《かた》に重くのし掛《か》かる。

もう自分たちは助からない。このままこの遊園地から出ることができず、二度と日常生活を取り戻《もど》すことができないのだと突《つ》きつけられ、深い悲しみに包まれる——。

「てかさ、別によくね？」

場違《ばちが》いに明るい声は、ばっちりギャルメイクをしているユリだ。

「うちらさ、義務かなんか知らないけど大人から色々やらされて、もう勉強とかもしなくていいんでしょ？　年も取らない、お腹も空かない。ダイエットもしなくていいんだよ？それにずっとこの遊園地で遊んでいられるんなら、それって天国っしょ？　ターくんもそう思うよね？　観覧車、乗り放題とかウケる！」

ユリのあっけらかんとした言葉が少しずつ浸透《しんとう》していき、空気が軽くなる。

三年二組の面々は、それも悪くないと思い始めていた——。

しかし、彼《かれ》らは気づいていない。
この遊園地に留まってしまえば、
黒くて禍々《まがまが》しい『せびと』になってしまうことに。

STORY 035

バス

「あおい、ごめんね」

久美《くみ》に押《お》してもらって入園ゲートにやってくると、杏奈《あんな》が謝ってくれた。

撃《う》たれた傷がすっかり塞《ふさ》がっているのは、この遊園地の中では死ぬことがないからだと久美が言う。ここは『あの世とこの世の狭間《はざま》』なのだと、普通《ふつう》にお客様センターで教えてくれたらしい。

「杏奈、もういいから」

「私もここに残る！　なんてこと、言わないでね？」

「明子《あきこ》…」

「あおいのことだから、馬鹿なこと言いそう。久美と一緒《いっしょ》に、泣くのを堪《こら》えてまで追い出そうと苦労したんだから、ちゃんと私たちの分まで生きてね」

「うん、分かった」

それから私たち四人は、何度も抱《だ》き合った。

いつの間にかクラスメイトたちも集まっていて「じゃあな」「元気でやれよ」などと口々に言い、誰《だれ》もが吹《ふ》っ切れた顔をしている。そんなみんなに頷《うなず》いたものの、ここから出てしまえば、私はたった一人なのだということに気づく。三年二組のみんなを、失ってしまうのだということに……。

「あおい、はい」

久美に差し出されたのは、お土産屋《みやげ》さんで見ていた喜怒哀楽《きどあいらく》のキーホルダー。

「ちゃんと買ってたんだ、私たちは仲良し四人組だから。喜びのやつあげる」

「ありがとう」

「悲しんだり怒《おこ》ったりしないで。あおいが助かるのは、みんなの願いだから。笑って喜んでね」

「…分かった」

手の中のせびとは、嬉《うれ》しそうに喜んでいた。

私が知っているせびとは、ベンチで啜《すす》り泣いて消えてしまったマミちゃんと、私を守って消えたお母さんだけ。でも、このせびとは笑っている。

しばらく見下ろしていた私は、ゆっくりとそれを包み込《こ》む。

「みんな、ありがとう」

ゲートの向こうにバスが待っている。

これ以上そこに居たら泣いて動けなくなりそうだったので、みんなに向かって背中を向けた。

「あおい――」

添乗員《てんじょういん》が点呼を取り「はい！」と元気に返事をし――『私』は自分の足で駆《か》け出した。

クラスメイトたちに見送られながら。

名前を呼ばれて、あおいは自分の足で駆け出したとある。
しかし冒頭《ぼうとう》を読み返して欲しい。
久美に『押してもらって』入園ゲートにやってくると——。
あおいは六歳《さい》の頃《ころ》、
両親を失うほどの大きな事故に遭《あ》っている。
もし、あおいが自分の足で歩けなかったとしたら、
返事をして駆け出したのは誰なのか？

STORY 036

空中ブランコ

久美《くみ》が泣いている。

明子《あきこ》も杏奈《あんな》も、涙《なみだ》を流しながら手を振《ふ》っていた。

四人の友情の証《あか》しであるキーホルダーを握《にぎ》りしめながら、車椅子《くるまいす》の車輪に手をかける。


そう、私は歩けない。


最後に振り返ると、ちょうど空中ブランコが円を描《えが》いて回っているのが目に入る。

あれにさえ乗らなければ――。

まだ幼かった私は身長が足らなかったこともあり、子供用のアトラクションにしか乗ることができなかった。その中でも動きが激しい空中ブランコを、何度も何度も楽しんだ。

母のお弁当を食べては乗り、父にソフトクリームを買ってもらっては乗り、鳥にでもなったかのように回り続ける。帰りの車の中、遊び疲《つか》れてぐったりして後部座席で揺《ゆ》られていると突然《とつぜん》、両親がこちらを振り返った。

私が嘔吐《おうと》してしまったからだ。

記憶《きおく》はここまでしかない。

爆発音《ばくはつおん》と衝撃《しょうげき》、そして炎《ほのお》が立ち昇《のぼ》り――気づけば私の足は、二度と自力で立ち上がることができなくなっていた。

両親を失い、親戚《しんせき》をたらい回しにされる車椅子の少女は、時に残酷《ざんこく》な子供たちにとっては格好《かっこう》の餌食《えじき》。転校も悪いほうに影響《えいきょう》し、いじめはどんどん加速していく。しかし、そんな私を救ってくれたのは久美をはじめとした、友達だった。もし久美たちに出会わなければ、私は死んでいたことだろう。

それなのに、友を置いていかなくてはいけない。

私に冷たく当たったのも、助けたい一心だったんだ。その気持ちが痛いくらい分かるからこそ、行かなければ。もしここに残るなんて言えば、今度こそ久美と絶交になるはず。そのほうが、心が引き裂《さ》かれるくらい辛《つら》いじゃないか。一人になってしまうのは悲しいけれど、みんなの思いが私を強くする。

寂《さび》しい時は、このキーホルダーを握ろう。

そうすればきっと、生きていけるから…。

「あおい――」

点呼で名前を呼ばれ、私は返事をした。

けれど、声が重なったんだ。

「えっ?」という驚《おどろ》きの声は私のものじゃなく、見送ってくれたクラスメイトたちのもの。

駆《か》けていく彼女《かのじょ》の背は、何かから解放されたように見えて、空に飛んでいきそうなくらい軽やかだった。

颯爽《さっそう》と自分の足で駆けていくのは、
三年二組出席番号四番——青葉《あおば》あおいだった。

STORY 037

卒業式

厳《おごそ》かに行われた卒業式の出席者は、私だけだった。

例年なら体育館を使うが、訳があって三年二組の教室で執《と》り行われる。

あのバス事故、唯一《ゆいいつ》の生き残り。

「青葉《あおば》――あおい」

名前を呼ばれた私は、校長先生の前まで進み出る。教壇《きょうだん》の上から卒業証書を恭《うやうや》しく手渡《てわた》され、誰《だれ》もいない学舎で静かに受け取った。

「フッ…」と込《こ》み上げてくるのは、空しさでもやるせなさでもない。

あいつらが私に向けてきた嘲笑《あざわら》いを、そのまま返してやる。どれだけ私を踏《ふ》みつけたとしても、結果的に生きてここに戻《もど》ってこれたのは、この私だけなのだから…。

幼い頃《ころ》から学校を転々としなければならない不運を、何度も呪《のろ》った。転校生としていじめられ、目に見えない垢《あか》が蓄積《ちくせき》されていく。今度こそはと気合を入れた初日も、自己紹介《しょうかい》した途端《とたん》に異変が訪れたんだ。

「あおいだってさ！」

クラスが湧《わ》いたのは、同じ名前がいるかららしい。それが吉《きち》と出るか凶《きょう》と出るか…。

「よろしくね」

そう言って手を差し出す『蒼井梅《あおいうめ》』は名前が恥《は》ずかしいから苗字《みょうじ》で呼ばれているという。

そして、車椅子《くるまいす》に乗っていた。

同じく転校してきたにもかかわらず、同級生たちに好かれている蒼井と、身に染みた垢を嗅《か》ぎ取られて、いつものようにいじめられっ子となってしまった私。

どうして私だけ？

蒼井とあおい、何が違《ちが》うの？

体が不自由だから親切にされるというのなら、私も歩けなくてもいいのに――。

校長先生が卒業証書を読み上げている間も、私はパレードを思い出していた。

どうやら蒼井だけは助かる見込みがあり、その方法は遊園地から出てバスに乗ればいいという話を聞き出し、一か八かで駆《か》け出したんだ。

あの時の、あいつらの間抜《まぬ》けな面は傑作《けっさく》だった。

遊園地で私に土や草でできたお子様ランチを食べさせようとした。プールでは地味な奴《やつ》らに溺《おぼ》れさせられ、トイレでは田辺《たなべ》に犯され、どいつもこいつも自分が標的になりたくないからと、傍観者《ぼうかんしゃ》と化していたんだ。

苗字と名前が同じだからと親しげに話しかけてくる蒼井だって、結局は見て見ぬ振《ふ》りをしていた偽善者《ぎぜんしゃ》。

「これからも不屈《ふくつ》の精神で頑張《がんば》るように」

見当違いの労《ねぎら》いをかけられ、私は校長先生を見上げて微笑《ほほえ》む。

最後に勝ち残ったのは、この私だ。

いじめられっ子だった青葉あおいは、
助かるはずだった蒼井梅を押《お》し退けて生き残った。
果たして、その代償《だいしょう》は何もないのだろうか？
最後に、あおいは校長先生を見上げたとある。
卒業証書を受け取るのに、
どうして見上げる必要があるのだろうか？
それは青葉が、車椅子に乗っているからでは——？

エピローグ

私が人間という生き物に興味を持ったのは、今から千年以上も前のこと。

それから、その時代時代で姿を変えてきた。ある時は軍師となり国を統率して導き、ある時は影武者《かげむしゃ》となって歴史の変遷《へんせん》に関わってきた。時には争いの火種を投下し、時には人々を守って人間の反応を見、今は『教職』となり生徒らをつぶさに観察している。

影山《かげやま》という教師を演ずるため妻を娶《めと》り、子を無条件で愛する親心を少しでも理解しようと子供も作ってみた。昨今では不倫《ふりん》というものが流行しており、試しに生徒との間に——。

「小峰《こみね》ミカ」

校長が名前を呼び、かつての生徒であるミカの両親が立ち上がる。

体育館で行われた卒業式は、深い深い悲しみに覆《おお》われていた。

亡くなった我が子の代わりに卒業証書を受け取るというのは、一体どんな気分だろう？

そんな悲しみを代弁するような甲高《かんだか》い泣き声が響《ひび》いている…。

「元気なお子さんですね」

適当な女性教員に転生した私は、泣いている赤ん坊《ぼう》に向かって微笑《ほほえ》みかけた。

生存者は一名の予定だったが、お腹の子を助けてみることにした。母体は死んでしまったが、赤子を救うことなんて造作もないこと。それを今、ミカの母親が抱《だ》いている。

まだ何も見えていないはずの子が手を伸《の》ばす先には、黒々とした『せびと』が蠢《うごめ》いていた。崇高《すうこう》な死というものを受け入れられない成れの果て。これが既《すで》に見えているというのは、さすが私の血を受け継いでいるということか。

この子が大きくなったら、またクラスごとせびと遊園地に連れていこう。

我が子が死んでしまうとなれば、違《ちが》った感情が生まれるかもしれない。

あと十五年の辛抱《しんぼう》。その間、この体で子の成長を見守ろう。

あぁ、楽しみだ。楽しみで仕方がない。

謎が解けると怖いある学校の話

260字の戦慄【闇】体験

『意味が分かると怖い話』
シリーズ著者

著 藤白 圭

1話ごとに謎が仕掛けられた新感覚ホラーミステリー

私立宇良和色乃学園に入学した白井幸代は、
高校生活を送り始めた矢先、
学内の2つの呪いにまつわる奇妙な現象と、
忌まわしい事件に巻き込まれていく……。
見開き1話ごとに、謎が仕掛けられ、
読者はそのヒントとともに
物語を読み進めていく新感覚ホラーミステリー。
全75話収録。

ISBN 978-4-391-16250-9　定価1,485円(本体1,350円+税10%)

破ると怖い海の6つのルール

繰り返す夏の
戦慄【闇】体験

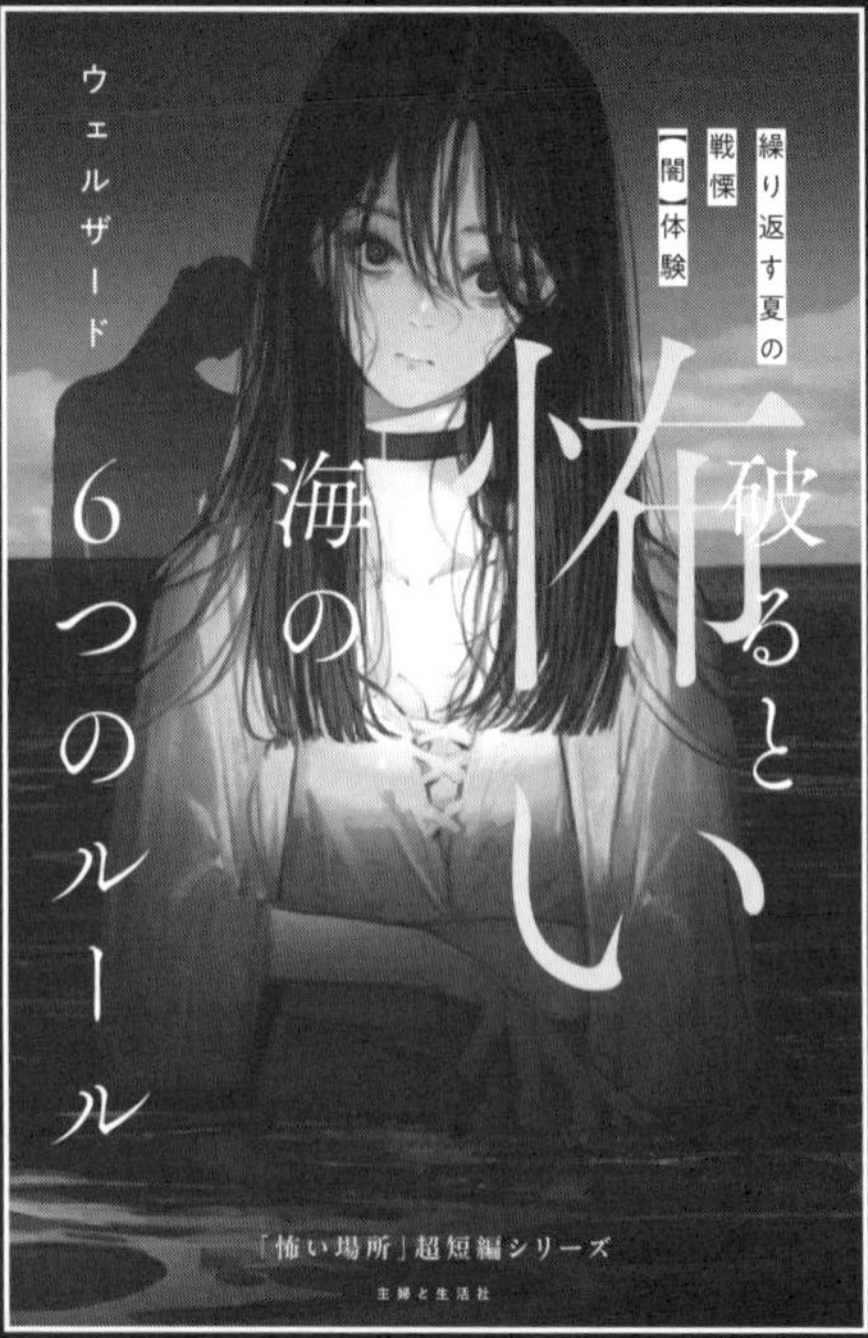

『カラダ探し』の著者が
渾身の書き下ろし!

著 ウェルザード

**ある海辺の地域に言い伝えられる
忌まわしい記憶**

ある海辺の地域で、子どもの頃から教えられる
6つの「海のルール」。
高校二年の夏の終わり、主人公はふとしたきっかけで、
そのルールにまつわる幼い頃の記憶と、
忌まわしい事件を思い出していく……。
「海のルール」に隠された謎、果たして、
そのルールを守らねばならない本当の理由とは?
全11話からなる戦慄の連作小説。

ISBN 978-4-391-16251-6　定価1,485円(本体1,350円+税10%)

怖い噂のあるお店

99秒の戦慄【闇】体験

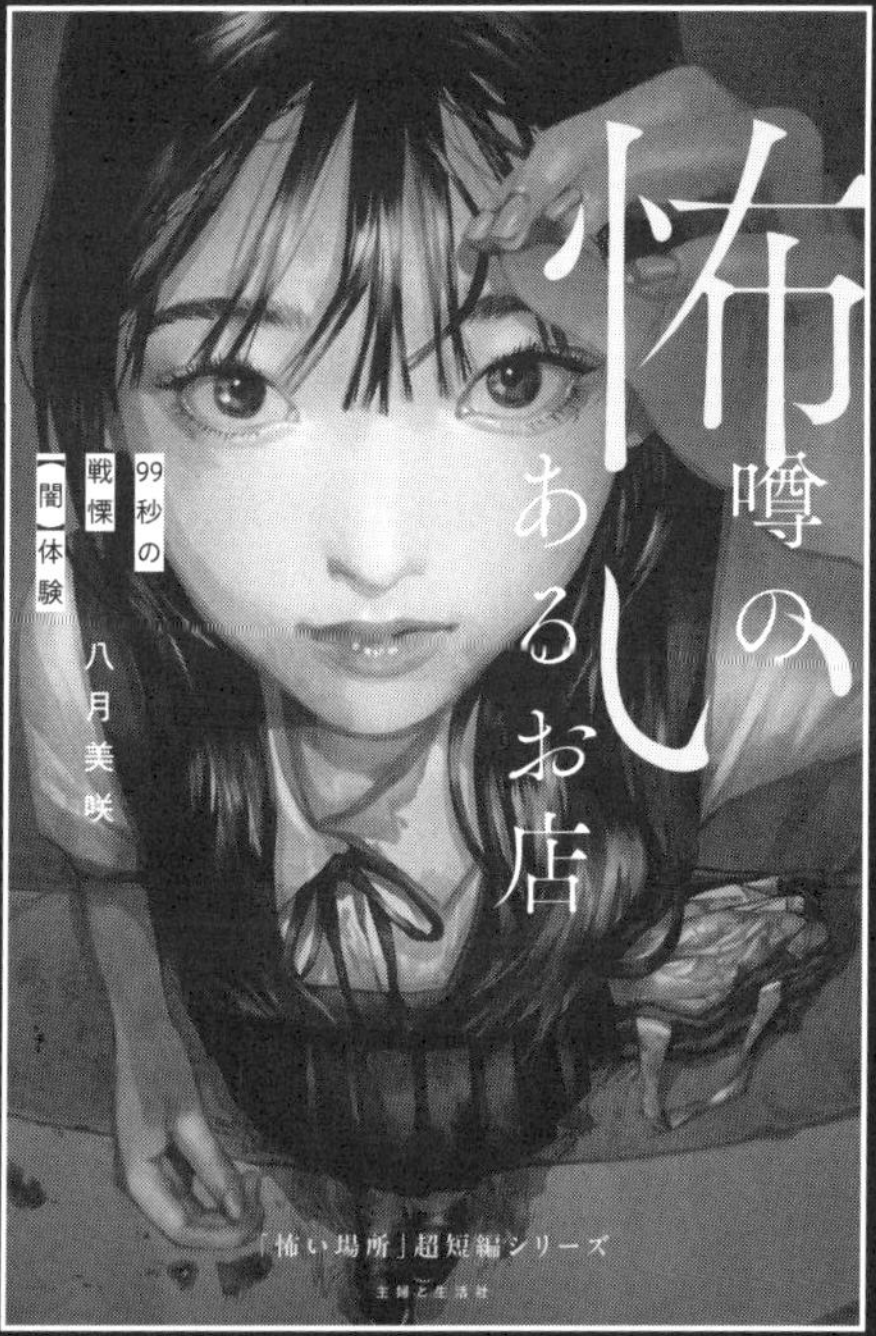

ドラマ化『私の夫は冷凍庫に眠っている』
著者が書き下ろし!

著 八月美咲

本編わずか3ページ! 各話99秒で
読み切れる新感覚最凶ホラー短編集

その町では、怪異なお店ばかりが繁盛しているという。
残酷な殺人鬼の手記を売る書店、
死んだ人にそっくりなお面を売る屋台、
子どもの声が聞こえるコインランドリー……
果たしてそのお店を訪れた客の行く末は……?
ある中学校のクラス38人が体験した、
不思議で恐ろしいお店の経験をそれぞれが独白。
全38話収録。

ISBN 978-4-391-16305-6 定価1,485円(本体1,350円+税10%)

謎が解けると怖い遊園地の話

この本を読んでのご意見、
ご感想、ファンレターをお待ちしております。

〒104-8357
東京都中央区京橋3-5-7
(株)主婦と生活社 新事業開発編集部
「さいマサ先生」係

装画 おと
挿絵 メト
装丁 川谷康久
本文デザイン 川谷デザイン
DTP 天龍社
編集協力 黒澤広尚(エブリスタ)
編集 澤村尚生

著者 さいマサ
編集人 栃丸秀俊
発行人 倉次辰男
発行所 株式会社主婦と生活社
〒104-8357 東京都中央区京橋3-5-7
TEL 03-5579-9611(編集部)
TEL 03-3563-5121(販売部)
TEL 03-3563-5125(生産部)
https://www.shufu.co.jp/
製版所 株式会社公栄社
印刷所 大日本印刷株式会社
製本所 株式会社若林製本工場

ISBN978-4-391-16381-0

[著者略歴]

さいマサ(さいまさ)

三重県出身。2019年『あなたの命、課金しますか?』が第3回野いちご大賞を受賞し、デビュー(スターツ出版)。ホラー小説のほか、女性向けの恋愛・不倫をテーマにした作品の執筆を中心に活動を行う。2022年『どうか私より不幸でいて下さい』が、エブリスタ「comico女性向けマンガ原作大賞」を受賞。同作が2024年7月日本テレビでドラマ化された。
X @saimasa_kamei

[制作協力]

エブリスタ

国内最大級の小説投稿サイト。小説を書きたい人と読みたい人が出会うプラットフォームとして、これまでに約200万点の作品を配信する。大手出版社との協業による文芸賞の開催など、ジャンルを問わず多くの新人作家の発掘・プロデュースを行っている。
https://estar.jp/

※この作品は、フィクションであり、
実際の人物、団体、法律、事件などとは一切関係ありません。